현혹사회

현혹사회

박석용 지음

이담
Books

Prologue

현혹사회에 살고 있는 독자에게

당신은 인간입니까? 생쥐입니까?

둘 모두이다. 왜냐하면 인간 유전자의 99%는 쥐 유전자와 같기 때문이다. 세상에는 인간과 생쥐가 산다. 인간은 세상에 현혹이라는 벽돌담을 쳐 생쥐를 가둬놓고 산다. 생쥐의 최종 목표는 자립이다. 벽돌담에 밖으로 나갈 수 있는 출입문이 있지만 통과할 수 없는 생쥐는 쥐구멍으로 밖과 안을 들락날락하며 현혹에서 벗어나고자 한다. 그러한 생쥐 마음이 이 책을 쓰게 했다.

24시간의 시작 0시를 0시 30분으로 정하고, 1m를 1m 10cm로 기준 삼고 살아보자. 말 그대로 세상의 약속을 어기는 것이다. 세상의 질서에 반항하는 것이다. 생활이 뒤죽박죽될 것이다. 그런데 재미있다. 성실하게 사는 것을 거부하고 불성실하게 살아보자. 그러면 불성실의 이익이 만만치 않게 생긴다. 불성실한데 어떻게 이익이 생기지? 이 책은 이렇게 세상에 대해 의문을 제기한다.

소크라테스 말 안 믿어! 스티브 잡스 닮기 싫어! 인간은 사회적 동물이라는 말은 굉장히 모함적이야! 규칙대로 살면 그것을 이용하여 이익 보는 사람 따로 있어! 규칙을 어겨보자. 신호등이 빨간불일 때 지나가고 파란불일 때 정지해보라. 통쾌하다. 왜 통쾌하지? 나는 남자다. 어떤 때는 치마가 입고 싶다. 겨드랑이에 털이 나지 않는 남자이고 싶다. 근면 성실하게 살 필요가 없다. 매일 9시 출근, 6시 퇴근한다. 이렇게 세상이 정해놓은대로 살기 싫다. 이러한 통쾌함과 반항적 마음으로 세상을 바라본 것이 이 책이다.

　1,000여 명을 사형시킨 송강 정철은 관동별곡을 이용해 이미지를 좋은 쪽으로 위장한 사람이다. 그래서 국어 시험에 심심치 않게 나온다. 간신 유자광은 우리가 알고 있는 것처럼 과연 간신일까? 행복은 없다, 단순한 생물학적, 화학적 작용일 뿐이다. 말도 안 되는 소리인가? 조용필이 부르는 노래의 감동은 피타고라스가 발견한 음계의 수학적 조화 때문이다. 노래는 수학이다. 섹스 로봇과 같이 사는 사람이 늘고 있다. 동네에서 2,000원 하는 커피를 별다방에서 쓸데없는 폼 잡으며 6,000원, 10,000원 주고 사서 먹는다. 그렇게 별다방 주인에게 온 국민이 십시일반으로 돈을 갖다 바친다. 정철·유자광·행복·노래·섹스 로봇·별다방, 이들은 자기를 변장시켜 세상에 나온 것이다. 변장 속의 민낯에는 어떤 '이익의 의도'를 가지고 있고 감추고 있다. 이러한 변장과 민낯의 모습들이 세상의 생존 방식이고 생존 틀이다.
　우리는 세상의 생존 틀 안에서, 물질적이든 정신적이든 문화

적이든 왠지 손해 봄과 이용당하며 살고 있음을 느낀다. 그 안에 뺏기거나 뺏거나, 잃거나 얻거나, 속거나 속이거나 하는 세상의 생존 방식이 알게 모르게 작동하고 있기 때문이다. 그 작동에 이용되는 것이 '현혹'이다. 현혹이 작동하는 그곳이 현혹사회. 법·윤리·도덕·근면 성실·규칙·제도·문화·생각 등 유·무형의 모든 것들은, 세상의 생존 틀을 구성하고 있는 구성요소들이다. 현혹은 이 구성요소들 간의 생존활동에 활용된다. 이 책 속에는 이러한 생존 틀 속의 현혹사회에 대한 질문과 고민이 담겨 있다.

우리는 생존 틀 속에서 현혹당하거나 현혹시키며 살고 있다. 현혹당한다는 것은 나의 몸과 마음이 중심을 잃는다는 것이다. 중심을 잃으면 한 마리의 생쥐가 된다. 집 밖에 내동댕이쳐진 이삿짐처럼 초라해진다. 그것은 무력한 분노다. 이 틀에서 언제고 탈출하고 싶다. 뛰쳐나가고 싶다. 어느 날 김수현 작가의 책 『나는 나로 살기로 했다』의 제목이 자꾸 생각이 났다. 이런 복잡한 마음과 생각 때문에 이 책을 쓰지 않을 수 없었다.

2018 생리의학 노벨상 수상자인 일본의 혼조 다스쿠 교수는 말했다, "네이처나 사이언스[1])에 수록되는 연구의 90%는 거짓말이다. 10년 후에는 10%만 남는다. 다른 사람이 쓴 것을 믿

---

1) 네이처: 세계에서 가장 오래되었고 저명하다고 평가받는 과학 학술지, 사이언스: 미국과학진흥협회에서 발간하는 과학 학술지.

지 않고 내 머리로 생각해서 납득될 때까지 연구하거나 질문하는 것이 내 방식이다." 천재들의 연구는 세상을 가르치는 데 쓰인다. 그렇다면 혼조 교수 말처럼 세상에서 보고 듣고 느끼고 가르침을 받는 것의 90%는 거짓이고 현혹당하는 것인가? 이 책은 이러한 궁금증에 대한 물음이며 거짓된 세상의 가르침에 대한 반항이다.

  무엇인가 뺏는다는 것·얻는다는 것·속이는 것은 현혹시킨다는 것이다. 무엇인가 뺏긴다는 것·잃는다는 것·속는다는 것은 현혹당한다는 것이다. 문제가 있다. 현혹은, 현혹시키는 강자의 편에 서서 작동한다는 점이다. 우리들은 이러한 세상의 생존 틀 속에서 살 수밖에 없고 벗어날 수도 없다.

  세상에 대한 질문과 반항과 의문 제기와 고민은, 현혹당하는 세상에서의 탈출과 세상의 얽매임에서 자유로워지고 싶은 그리움이다. 그리움은 현혹 때문에 중심을 잃은 '나'를 바로 세우는 힘이다. 중심을 회복하는 것이 자립이다. 이 책은 여러 가지 현혹 사례를 경험해보고, 여기서 사람의 자립에 필요한 '길이·깊이·무게'를 알아보고자 하는 외침이다.

목차

Prologue   6

제1장

그
것
도
현
혹

DECEPTIVE SOCIETY

**성인의 말, 천재, 사회적 인간, 생활의 기준,
근면 성실, 규칙, 위장, 포장**

01

소크라테스 말 안 믿어! 세상의 가르침 중 90%는 거짓말

얼마 전 한 TV에서 과학자·작가·건축가·가수 등의 출연자들이 외국 여행을 하면서 그 나라의 유적이나 문화 정치 등 다양한 소재를 가지고 이야기하는 방식의 토크 여행 프로그램을 본 적이 있다. 재미와 지식을 주는 것이 좋아 꼭 챙겨 보는 프로다. 이들이 나눈 대화 중 내 머리를 '띵'하게 한 내용이 있었다. 그것은 '악법도 법이다'라는 말이 소크라테스가 한 것이 아니라는 것이었다. '악법도 법이다'라는 말은 고대 로마의 법률 격언인 '법은 엄하지만 그래도 법'이라는 격언에서 왔다 한다. 일본의 법철학자 오다카 도모오가 출판한 그의 책에서 소크라테스가 독배를 든 것은 실정법을 존중하였기 때문이며, '악법도 법이므로 이를 지켜야' 한다고 썼다. 이후 국내에 이 책이 소개되면서 소크라테스가 한 말로

와전되었다 한다.

나는 초등학교 때부터 지금까지 그렇게 배우고 실천했다. 초등학교 때 시험에 '악법도 법이다'라는 말은 누가 한 말인가? 하고 여러 번 나왔었다. 물론 정답은 소크라테스였다. 방송을 보기 전까지 나의 정답은 소크라테스였다. 악법도 법이므로 이를 무조건 지켜야 한다는 말을 철석같이 믿고 지지했다. 법 실천에 관한 한 내 가치관이 되었다. 위대한 소크라테스가 한 말이기 때문에 무조건 믿고 따라야 한다는 것이 있었다. 공자, 맹자 같은 분이 하는 말은 웬만하면 믿고 따라야 하듯이 말이다.

얼마 전 2018 FIFA 러시아 월드컵 대회가 있었다. 당시 한국은 세계 랭킹 1위인 독일을 이겼다. 일본은 16강에 올라 벨기에와 선전을 펼쳤었다. 한국이 독일을 이긴 것은 기적 같은 일이었다. 경기 하이라이트를 일주일 넘게 돌려 보기도 했다. 한국이 승리한 것이 이슈가 아니라 독일이 탈락한 것이 이슈였다.

일본에서는 이번 월드컵이 관심 밖이었다. 그러나 첫 경기인 콜롬비아전을 이기면서 갑자기 관심이 집중됐다. 월드컵 관심은 경제 효과로 이어졌는데 최대 5,000억 엔(약 5조 원) 정도라는 분석까지 일본 현지에서 나왔다. 일본은 벨기에전에서 대단한 경기력을 보여줬다. 그런데 폴란드전에서 재미없고 치사한 '공 돌리기' 침대 축구를 했다. 축구 모독이란 비난까지 일었다. 공 돌리기 축구에 대해 많은 이야기들이 있었다. '창피하다 · 부끄럽다 · 그럴 수 있다 · 어찌 됐든 이기면 되지!' 등의 말이다.

한국은 두 번의 졸전이 있었지만 돌렸던 팬을 다시 돌려세울 수 있었다. 그것은 독일전에서 보여준 투지·열정·집념을 가지고 최선을 다했기 때문이었다. 죽도록 모든 걸 쏟아부어 승리를 따낸 데 대한 감동이었다. 반면, 지는 상황에서도 공 돌리는 일본의 모습은 한국과 대비되어 팬들한테 '창피하다·부끄럽다'라는 말을 들었다. 가장 큰 죄는 '최선을 다하지 않는 것'이라던 축구 스타 로이 킨의 명언이 떠올랐다.

그러나 다른 이야기도 있다. 16강에 올라가기 위한 승리가 최우선이었다. '공 돌리기는 승리하기 위한 전략이었다'라고 감싸는 사람도 많았다. 비판은 받을지 몰라도 16강에 오르는 것이 최우선이라는 감독의 '현실적 판단'이라고 이해하는 사람도 있었다. 1보 전진을 위한 2보 후퇴라는 것이다. 그래도 세계인들이 보고 있는 월드컵 대회이고 관중의 야유에도 아랑곳하지 않고 선수들이 공 돌리는 광경은 불편했었다. 평소 남의 눈의식을 많이 하는 일본 사람들이 그렇게 하는 것에 고개가 갸우뚱했다.

일본의 '가치관 변화' 아닌가 하는 생각이 들었다. 일본 문화가 변화한 것 같다. 과거 메이저리그에 진출했던 일본인 타자 마쓰이 히데키가 있었다. 마쓰이는 90년대 고교 시절부터 급이 다른 선수였다. 당시 일본의 전국 고교 야구 대회에서 상대 팀 감독이 투수한테 마쓰이 상대로 5타석 연속 고의 사구를 던지게 했다 한다. '아무리 이기기 위해서라지만 이건 좀 치사하다', '사무라이 정신이 사라졌다'라는 비판이 빗발쳤다. 그런데 이번 공 돌리기 논란에선 "좀 아니더라도 이기기 위한 방편이니 이해하자"라는 여론이 더 지지를 받았다 한다. 한국 사람들은 '공 돌리고 찜찜하게 16강에 올라간 일본보다 16강에는 떨어져도 투지 있게 최선을 다해 독일을 이긴 한국이 낫다' 하는 얘기를 많이 했다. 남 의식하지 말고 경쟁하되 내가 만족하는 패배를 하자는 마음이었을 것이다.

일본의 통산 24번째 노벨상 수상자인 혼조 다스쿠 교수의 기초과학 연구에 대한 신념과 좌우명이 소셜미디어 등을 통해 확산하며 화제가 되고 있다. 그는 "네이처나 사이언스에 수록되는 연구의 90%는 거짓말로, 10년 후에는 10%만 남는다"라고 하면서 "다른 사람이 쓴 것을 믿지 않고 내 머리로 생각해서 납득될 때까지 연구하는 것이 내 방식"이라고 했다. 다른 학자의 연구를 직접 검증한 후에야 이를 수용, 자신의 연구를 발전시켜 왔다는 것이다.

나는 어렸을 때부터 "정정당당하게 최선을 다해 도전하라"라고 배웠다. 악법도 법이니 지켜야 한다고 배웠다. 결과보다 과정이 중요하다고 배웠다. 50년대 태어난 나는 실리보다 체면을 우선시하라고 배웠다. 혼조 교수처럼 세상의 가르침 중 90%는 거짓일까? 세상의 가르침은 우리를 정신 못 차리게 해 놓고 가르치는 것이다. 90%는 변한다는 것일 것이다. 90%는 항상 경계해야 한다.

네이처나 사이언스에 논문을 기고하는 사람들, 이런 역할을 하는 사람들이 현시대의 공자 맹자 같은 사람들이다. 그러나 이러한 사람들의 가르침에 정신을 똑바로 차리고 배워야 한다. 90%는 변함의 현혹이기 때문이다. 거짓일 수 있기 때문이다. 최선을 다할 때 정정당당 안 해도 된다. 악법은 말 그대로 악법이니 지키지 않아도 된다. 과정보다 결과가 중요할 수도 있다. 체면보다 실리다. 고정되지 말라.

90%는 변함이라고 했다. 잽싸게 수용할 것은 하자. 욕먹는 승리, 칭찬받는 패배, 내가 만족하는 패배, 모두 어느 것 한쪽에 휩쓸리면 안 된다. 휩쓸리면 현혹당하는 것이다. 나는 선하지도 악하지도 않다. 상황에 따라 선하고 상황에 따라 악하다.

0.01% 스티브 잡스가 99.99%에게
잘난 척한다

시대의 천재 혁명가인 애플사 창업자 스티브 잡스의 첫째 딸 이름이 '리사 브레넌-잡스'다. 그가 최근 출간한 책이 화제가 된 적이 있었다. 잡스는 입양아로 양부모 밑에서 자랐다. 성인이 되어서는 여동생과 친어머니는 만나지만 친아버지는 만남을 거부했다. 잡스는 20대 초반 여자 친구와의 사이에 딸을 낳지만 본인이 아버지가 아니라고 주장했다. DNA 테스트를 통해 자신이 아버지라는 결과가 나오자 DNA 테스트는 믿을 수 없다고 말했단다. 복지 수당으로 겨우 생계를 유지하는 어머니와 여동생에게 자동차 한 대 사주지 않았다. 내가 원하는 삶 그리고 하고 싶은 일을 하면서 살아야 한다고 대중을 감동시킨 잡스다. 하지만 그는 회사 내에서 지나치다 만난 직원에게 질문을 하고 대답이 시원찮으면 직원을 그 자리에서 해고했다.

그는 좋은 아들도 아니었다. 좋은 아버지도 아니었다. 좋은 고용주도 아니었다.

레오나르도 다빈치는 질투심과 경계심으로 경쟁자 미켈란젤로를 '왕따'시키면서 자기를 더 돋보이게 하려고 했다. 에디슨은 직원이었던 니콜라 테슬라의 발명품을 찬탈했다. '에디슨(Edison)'과 '테슬라(Tesla)'는 직류와 교류 중 어떤 것을 전기 시스템의 표준으로 삼느냐를 가지고 '전류전쟁'을 벌였다. 특히 이 싸움에서 '발명의 아버지'로 칭송받는 에디슨의 추악한 내면이 액면 그대로 드러난다. 인류 역사에 빛의 혁명을 가져다준 에디슨이지만 그의 삶은 언론에 의해 미화되고 왜곡된 것이다. 테슬라는 억울하게 발명품을 에디슨에게 빼앗겼다. 그럼에도 우리는 스티브 잡스를, 레오나르도 다빈치를, 에디슨을 배우고 있다. 천재의 성공이 인간의 휴머니즘을 '압도'하기 때문이다.

나는 노동을 제공하고 봉급을 받아 생활하는 회사원이다. 봉급 받은 지 30년이 되었다. 우리 회사는 충북 제천에 직원 재교육을 시키는 연수원이 있다. 이곳에서는 조직 충성을 이끌어내기 위한 업무·자기계발·리더십 교육 등을 시킨다. 조직이라는 거대한 성을 쌓기 위한 벽돌을 찍어내는 공장 같다. 2년에 1번 정도 교육을 받는다. 소위 '성공 강사'들의 강의 내용을 보면 자기계발과 리더십 교육 시 닮아야 할 성공의 모델로 가장 많이 등장하는 사람들이 있다. 스티브 잡스·공자·맹자·정주영·카네기 등이다. 태생적으로 '성공 DNA'를 가지고 태

어난 사람들이다. 지구인의 0.01%에 해당하는 천재다. 숭배 대
상이다. 강사들은 천재가 아닌 나에게 천재성을 배우고 우상으
로 숭배하고 닮으라고 한다. 어떻게 배우라는 것인지 가랑이가
찢어진다. 버겁다.

책이나 성공 강사들이, 스티브 잡스·공자·맹자·정주영·
카네기 등을 사례로 들어 성공비법에 대해 열변을 토하고 알려
준다. 이들의 성공비법을 전달하기 위한 표현과 메시지를 살펴
보자. "하늘은 스스로 돕는 자를 돕는다", "잡은 기회 놓치지
마라", "성공하는 사람은 끊임없이 움직인다", "실패하지 않는
가장 확실한 길은 성공하겠다고 결심하는 것이다", "좌절이 성
공의 문", "늘 자신을 준비시켜라", "변화하지 않으면 성공할
수 없다", "불가능은 없다", "성공하는 사람은 실수에서 배운
다", "최선을 다하는 것이 최고가 되는 것보다 중요하다", "당
신도 할 수 있어요, 힘내세요" 등등. 보통의 사람들은 특별한
성공 비법을 찾았다고 좋아한다. 거기에 현혹되어 따라 하려고
발버둥을 친다.

이 표현과 메시지들을 가만히 들여다보면 두 개의 그림이 보
인다. 이 세상 사람들을 두 종류로 구분하고 있다. "성공한 사
람과 실패한 사람, 부러워하는 사람과 부러움을 받는 사람, 악
한 사람과 선한 사람, 자기 욕심만 차리는 사람과 안 그런 사
람", "뺏는 사람과 뺏기는 사람", "선택을 잘하는 사람과 못하
는 사람"… 등. 다시 말해 인간을 성공과 실패를 기준으로 이
분법적으로 나누고 있다는 것이다. 성공한 사람과 실패한 사람

사이에는 어떤 인간적인 공통분모가 없다.

성공한 사람의 말을 보면 공통점이 있다. "성실하다, 근면하다, 인내심이 많다, 끈기가 있다, 불굴의 의지를 가지고 있다, 성공은 성공한 사람의 자질이다, 행운은 언제나 부지런한 사람 편에 있다" 반면, 성공하지 못한 사람에게는 게으름, 산만함 등의 단어가 어울린다고 낙인을 찍어버린다. 성공과 실패는 철저하게 자기 능력과 책임이라는 것이다. 스티브 잡스 등이 말하는 성공의 법칙은 사실상 거짓말에 가깝다. 성공하도록 예정된 사람과 실패하도록 예정된 사람으로 나누어진 세상이다. 재벌 2세는 아무리 사치와 낭비를 해도 가난뱅이가 되지 않는다. 가난뱅이는 아무리 근검절약해도 집을 살 수 없다. 환경의 차이가 있다는 것이다.

천재지만 좋은 아들도, 좋은 아버지도, 좋은 고용주도 아닌 질투심 많은 스티브 잡스나 레오나르도 다빈치가 아니다. 남의 재산 찬탈하는 에디슨도 아니다. 우리는 평범하고 일상의 세상에 유용하게 필요한 한 사람들이다. 우리가 일상을 살아가는 데 가장 필요한 도구들은 천재성이 아니다. 상식, 관심, 인내와 같은 평범한 것들이다. 나는 이 도구로 살아가고 있다. 나는 천재성으로 살고 있지 않다. 나는 보람과 성취 없이도 잘 살아간다. 내 범위 안에 있는 일상, 내 손에 잡히는 삶의 조건과 환경이 나에게 가장 쓸모 있는 '살아감'의 도구다. 천재는 이러한 영역에 오지 않아 경쟁하지 않고 부닥칠 리도 없다. 편한 세상살이 하려면 천재를 따라가지 않으면 된다.

스티브 잡스의 성공을 배우라고 하는 것은 근거 없는 희망이다. 근거 없는 희망은 허황된 욕망이다. 욕망은 채워지지 않기 때문에 욕망이다. 천재성은 천재가 아닌 나에게는 채워지지 않는다. 너에게 성공은 남들보다 더 높아 보이는 것인가? 남들보다 앞서가는 것인가? 남들보다 더 깊어 보이는 것인가? 성공한 0.01%에 대한 그리움은 욕망이다. 0.01%가 99.99%를 현혹시키는 것이다. 보람과 성취는 0.01%가 만들어놓은 현혹의 그물이다. 스티브 잡스 성공을 그리워하는 것은 나를 타인으로 채우는 것이다. 그러면 나의 길이·깊이·무게를 알 수 없다. 그런데 나를 나의 성공으로 채우면, 채운 것의 가로·세로·높이를 알 수 있다. 그러니 당연히 내 삶의 무게도 측정이 된다.

03

인간은 사회적 동물이라는 모함적 말
그리고 자유의 최대치

다니는 회사 정년이 1년 남았다. 우리 회사는 공로연수라는 제도가 있다. 퇴직 전 1년 동안은 회사에 출근하지 않지만 급여가 나온다. 1년 동안 또 다른 세상살이를 준비하라는 것이다. 이제 회사에 출근 안 한 지 3개월 되었다. 진짜 좋다. 상큼하다. 아내의 잠 깨우는 소리 안 들어서 좋다. 회사 출근하지 않는 맛이 달콤하다. 달콤하다는 한마디로 설명은 끝난다. 쓸데없는 지시사항 안 해도 된다. 보기 싫은 사람 안 봐도 된다. 36년 만에 임시 개방했다는 설악산 만경대 단풍 구경도 가고 싶은 날 갔다 왔다. 여행은 언제고 마음 내킬 때 떠나도 된다. 주말을 피해 평일에 가니 차 막히지 않아 좋고 사람 북적대지 않아 좋다. 남들이 일하는 평일의 한가로움이 좋다. 등산 가서 산 정상에 올라 밑을 내려다볼 때 헉헉거리며 올라오는 사람들을 보면 통쾌한

데 그런 맛이다. 하고 싶은 대로 하는 자유의 맛이다.

직장생활은 사회생활이다. 사회생활이라는 것은 '인간은 사회적 동물'이라는 것이다. 그것은 '전체를 위해서 개인의 희생'은 당연하다는 말같이 들린다. 옛날 훌륭한 사람들이 한 말이고 학교에서 이렇게 배웠으니 '당연'히 믿어야 한다는 생각을 했다. 그래서 그런지 그대로 생각하고 행동했다. 이 말을 철석같이 따른 나는 회사생활에 적응을 잘했다. 적응을 잘했다는 것은 철저한 '길들여짐'이었다. 회사는 나를 길들여서 잘도 써먹었다. 나를 길들인 도구는 "당연, 당연, 당연"이라는 단어였다. "가족부양은 당연하다. 직장은 사회다. 따라서 그 속에서 나의 '취향과 개성'을 잃어버리는 것은 당연하다. 시키는 대로 해라. 그래야 잘리지 않고 잘 다닐 수 있다. 그래야 승진에 유리하다. 인간은 '사회적 동물'이라는 말을 명심해라. 그래야 원만하게 직장생활 할 수 있다." 이런 말에 거부감 없이 나는 잘 적응하여 생활했다. 훌륭한 사람들의 말이라 의심하지 않았고 그대로 믿고 따르고 행동했다.

나는 직장 모임과 직장 밖의 크고 작은 정기·비정기 모임이 총 35개다. 이 중 20개가 직장 내 모임이다. 이 중 5개는 내가 회장으로 있다. 그렇지 않은 것도 있지만 혹시 승진에 필요하지 않을까 하고 참여한 모임이 대부분이다. 직장 입사 동기, 교육 동기, 학교, 출신 지역, 동아리, 산악회, 직장 내 부서이동 시 같이 근무했던 부서 인연 모임, 파견 같이 갔던 인연, 3~4명씩 정기적으로 모이는 친목 모임 등이다. 이렇게 모임을 거미줄처럼 갖다 보면 승진할 때 도움이 되는 사람이 어떻게든 걸린다.

직장 밖 모임은 15개다. 친가와 처가 등 가족 모임, 유치원부터 대학교 친구, 고향 친구, 군대, 취미, 각종 단체 모임 등이다. 이 중 내가 회장을 맡고 있는 것이 3개다. 사회적 동물로 잘 살았다.

나는 아랫배가 볼록하게 많이 나왔다. 내 '아랫배 볼록' 원인 80% 정도는 직장 내·외의 모임에서 먹은 소주와 안주 때문이다. 그런데 이 80% 중 또 80%는 어쩔 수 없고 쓸데없이 먹은 것이다. 그렇다면 내 아랫배 나온 부분의 80%는 어쩔 수 없고 쓸데없이 나온 것일 것이다. 이 쓸데없이 나온 배 때문에 내 건강 상태가 불안하다. 고혈압 환자가 될 확률이 커졌기 때문이다. 고혈압약을 먹기 시작했다. 아무리 살을 빼려고 노력해도 안 된다. 열심히 모임에 참여해서 승진하는 데 도움은 조금 되었지만 그리 큰 도움은 되지 않았다. 사회적 동물의 결과는 고혈압이 되었다.

'인간은 사회적 동물'이라는 말은 인간을 슬프게 하고 힘들게 하는 말이다. 간교한 말이다. 인간이 '사회'라는 부자연스러운 조직과 굴레에 갇히는 것은 당연하다. 여러 가지 규율과 제도, 법 등에 얽혀 살아가는 것은 당연하다. 이렇게 훌륭하다고 하는 사람이 자꾸 당연하다고 하니 마치 그것이 내가 원하는 삶인 것처럼 규정화되어 버린 것이다. 진리인 것처럼. 이렇게 나는 간교한 말에 현혹되고 모함을 받아 길들여진 생활을 했다.

나는 쓸데없는 모임을 정리하는 가지치기를 시작했다. 사회적 동물이라는 것이 간교한 말이라는 것을 깨달았기 때문이다. 사회적 동물임을 이행한 내 모임이 오히려 나를 부자연스럽게 하였기 때문이었다. 직장 내 모임의 경우 1차로 혹시나 승진에 도움이 될까 싶어 참여했던 모임 10개를 정리했다. 2차로 내가 싫어하는 사람이 있는 모임과 나는 성향이 문화 쪽인데 어쩔 수 없이 나가는 스포츠 모임을 정리했다. 20개 중 총 15개를 정리했다. 나머지 5개는 마음이 편한 모임이라 계속 유지하기로 했다. 직장 밖 모임은 내가 도움을 줘야 하는 모임이 있는데 이것을 뺀 나머지 모임 8개를 정리했다. 모임을 정리하고 계산해보았다. 일주일에 1일 정도 혼자 지낼 수 있는 내 시간이 생겼다. 금전적으로는 매월 회비 포함 50만 원 정도를 지출하지 않아도 되었다. 남는 시간과 돈으로 색소폰 학원에 등록했다. 유럽여행 적금도 들었다.

프랑스 여류소설가 '사강'은 마약 복용 혐의로 피소가 되었었다. 그는 법정에서 이렇게 주장했다. "자기 자신을 육체적 파멸로 이끄는 것 역시 개인의 자유다"라고 했다. 듣기에 따라서 그럴듯하거나 알쏭달쏭하다. 그러나 개인이 누릴 수 있는 '자유의 최대치'까지 역설한 점은 충분히 가치가 있는 듯하다. 사회적 동물이라는 말에 현혹되어 살아가는 사회적 동물에게 사강이 하는 말이다. 과도한 사회적 인간화에서 벗어나 개인화를 강화하고 확대하라는 사강의 말이다. 개인의 과도한 사회적 인간화가 누구를 위한 것인지 생각해보는 것이 현혹당하지 않고 사는 법이다.

　사회적 동물이라는 모함적 말을 당연한 말이라고 믿고 따랐다. 당연의 현혹이다. 인간은 사회적 동물이라는 모함 적 말에 개인은 억울하게 시달렸다. 나는 색소폰으로 내 자유를 찾기 시작했고 장래 사강의 나라 프랑스를 시작으로 하는 유럽여행으로 내 '자유는 최대치'가 될 것이다.

04

24시간의 시작 0시를 0시 30분으로 정하고 살아보기, 1m를 1m 10cm로 기준 삼고 살아보기

인간에게 가장 중요한 것은 무엇일까? 다양한 의견이 가능하겠지만 나에게는 '시간'과 '길이(cm · m)'다. 아무리 노력하고 기술이 발전한다 해도 나에게 주어진 시간은 언제나 하루 단 24시간이기 때문이다. 내가 제일 사랑하는 아내의 키가 1m 60cm이기 때문이다. 나에게 가장 큰 행복과 만족을 주는 책이 꽂혀 있는 내 서재 책장의 가로가 2m 80cm, 세로가 2m 20cm이기 때문이다. 내 행복을 설계하는 책상이 가로 1m 80cm, 세로 60cm이기 때문이다.

나는 24, 160, 280, 220, 180, 60이라는 숫자의 테두리 안에서 살고 있다. 아니 함께 살고 있다. 이렇게 살다 보니 어느덧 60년을 살았다. 삶이 이 숫자에 너무 익숙해져 있다. 삶이 익숙해지니 지루하다. 담장 속 한 개의 벽돌이다. 길고 짧고 크고 작고가 느껴지지 않는다. 세모는 늘 세모고 네모는 늘 네모다. 행복은 늘 세모다. 고통은 늘 네모다. 그래서 지루하다. 지루하니 큰일 났다. 다른 몹쓸 짓을 저지를 것 같다. 네모는 벽돌을 만든다. 벽돌을 깨부수는 건설회사에 취직이나 할까?

벽돌 깨는 일을 하는 건설회사 취직은 어려울 것 같다. 대신 지루함을 달래보는 놀이를 해보려 한다. 당구가 아니다. 볼링이 아니다. 노래방이 아니다. 우선 24시간을 24시간 30분으로 가정하여 생활하는 놀이다. 놀이를 실행에 옮겼다. 스마트폰의 시간 0시를 내 시계는 0시 30분으로 맞춰놓았다. 나에게는 이제부터 0시 30분이 0시다. 3일 전에 노인 요양원을 운영하는 중학교 동창인 형식이라는 친구와 오후 1시에 점심 약속을 한 적이 있다. 메뉴는 추어탕이다. 나는 1시에 정확하게 나갔다. 그런데 그 친구가 전화도 없이 30분이나 늦었다고 지청구를 준다. 나는 약속을 지켰는데 그 친구는 약속을 안 지켰다고 한다.

나는 매주 목요일 충○대학교 사회복지학과 야간부 4학년 강의를 한다. 19:00에 수업이 시작된다. 오늘도 그렇듯이 19:00에 강의를 하러 갔다. 그런데 학생들의 반응이 내 친구 형식이하고 다르다. 학생들은 30분 동안 수다를 떨어서 기분이 좋았다고 한다. 공부가 지루해서 그런지 하기 싫어서 그런지 뭔지 모르겠다. 저번 주 초등학교 동창 6명과 회도 먹고 바람도 쏘일 겸 강릉으로 기차여행을 했다. 13시 30분에 청○역에서 출발하는 기차를 타고 가기로 하고 예매를 했다. 우리 집은 기차역에서 20분 거리에 있다. 나는 20분 거리이므로 13:00에 집에서 출발했다. 그런데 집에서 출발하려고 나서는데 친구들에게 전화가 왔다. 기차는 출발하는데 왜 오지 않느냐고 난리가 났다. 기차역에 도착하니 기차는 이미 떠나고 없었다. 나는 안 갈 수가 없어서 버스터미널에서 고속버스를 타고 출발했다. 왜 기차는 13:30분 약속을 어기고 출발했지? 내가 잘못인가? 기차가 잘못인가?

1m를 1m 10cm로 알고 사는 놀이도 해보았다. 내 서재 정리를 했다. 우선 구입한 지 오래돼서 서랍이 고장 난 책상을 교체하기로 했다. 내 서재 방 구조에 맞게 있었던 책상과 같은 가로 1m 80cm 세로 60cm인 책상을 주문 제작으로 구입하여 배달을 시켰다. 그리고 책의 무게에 짓눌려 책을 받치고 있는 판이 휘고 부러진 것이 있어서 책장도 교체하기로 했다. 방의 구조에 맞게 설치되었던 기존 책장과 같은 가로 2m 80cm 세로 2m 20cm 크기로 주문 제작하여 배달을 시켰다. 그런데 문제가 생겼다. 방 구조상 책상이 배치되지 않는다. 책장은 벽과 벽 사이에 들어가지 않고 방 대각선으로밖에 배치되지 않는다. 책상과 책장 모두 내 서재에서는 쓸모가 없게 되었다. 그 이유는 책상 크기의 내 기준은 가로 1m 98cm 세로 66cm이기 때문이었다. 책장 크기의 내 기준은 가로 3m 8cm 세로가 2m 42cm이기 때문이었다. 책상과 책장 모두 폐기처분 하였다. 기존 낡은 책상과 책장을 그대로 사용하기로 했다.

아내는 키가 1m 76cm가 되었다. 늘씬한 미스코리아 아내가 된 것 같다. 미스코리아에 맞게 기분을 내보도록 굽 높은 흰 하이힐 구두를 사주었다. 아내는 굽 높은 흰 구두를 신고 외출할 때면 평소 하지 않던 화장도 예쁘게 하고 옷도 세련되게 입고 나간다. 하이힐을 신지 않을 때는 운동화에 등산바지나 청바지를 입고 화장은 하는 둥 마는 둥 한다. 머리는 감기 싫어 대부분 모자를 쓰고 나간다. 그런데 하이힐을 신고 외출할 때는 차 없이는 하지 않는다. 허리가 아프고 불편하기 때문이다. 그래서 아내는 어느 날 하이힐을 굽이 없는 구두로 바꿨다. 가장 큰 이유는 하이힐을 신고 외출을 해보니 다리 근육 탄력도 없고 뒷모습은 처녀같이 괜찮은데 앞모습은 얼굴에 주름이 많은 아줌마 같으니 민망하다는 것이었다.

24시간의 시작 0시를 0시 30분으로 살아보았다. 1m를 1m 10cm로 살아보았다. 우리에게 주어진 시간은 언제나 하루 단 24시간이다. 이 중 거의 3분의 1을 '잠'이라는 무의식 상태에서 보낸다. 3분의 2는 현실이고 3분의 1은 꿈이다. 우리는 '꿈'이라는 또 하나의 세상을 경험한다. 꿈은 세상의 소중한 추억을 기억하기 위해서일까? 아니면 아픈 기억을 잊기 위해서일까? 도대체 꿈과 현실의 차이는 무엇일까? 0시를 시작으로 살아가는 것과 0시 30분을 시작으로 살아가는 것의 차이는 무엇일까? 1m 기준과 1m 10cm를 기준으로 살아가는 차이는 무엇일까? 있다면 그 차이는 무엇일까? 어느 쪽이 이익이고 어느 쪽이 손해일까? 어느 쪽이 재미있고 어느 쪽이 지루할까?

현실에선 언제나 세상을 보고 경험하고 누군가 만들어놓은 기준을 가지고 판단한다. 그러나 꿈속에서는 그렇지 않다. 그래서 꿈은 자유다. 탈출이다. 현실은 나 자신의 행동과 판단에 영향을 미치는 것이 시간이고 길이다. 시간과 길이는 나를 현혹하는 속박이다. 속박의 현혹이다. 속박의 현혹에 빠지면 담장 속에 박혀 있는 그냥 무심한 벽돌이다. 어느 부잣집 빨간 담장의 벽돌일 뿐이다. 때로는 24시간의 시작인 0시가 0시 30분인 것처럼 현혹당해 보자. 이 현혹은 나의 거울이다. 혼자서 자립한 느낌의 현혹이다.

05

성실의 거부, 불성실의 실천

나는 시골의 초등학교를 다녔다. 왕복 7km 정도 되는 거리를 걸어 다녔다. 포장이 되지 않고 작은 돌멩이가 굴러다니는 신작로였다. 조그만 웅덩이가 곳곳에 파여 있었다. 이 길을 검은 고무신 신고 다녔다. 길 양옆에는 미루나무 가로수가 늘어서 있었다. 미루나무는 학교에 가고 오고 할 때 친구가 되어주었던 나무다. 이런 학교를 6년간 다니고 졸업을 했다. 나의 공부실력은 중간 정도로서 잘하지 못했지만 모범생이었다. 6년간 하루도 결석 한 번 안 한 학생이었다. 졸업식 날 개근상을 탔다. 졸업생 180명 중 6년 개근한 3명 중 한 명이 나왔다. 공부 1등 한 것보다 더 장하다고 담임선생님께 칭찬 들은 기억이 난다. 공자와 맹자에 정통한 할아버지의 성실하게 살라는 가르침과 내 성격이 어우러져 그런 결과가 나왔던 것 같다.

학교 교훈이 '근면 성실'이었다. 학교 정문 위에 가로질러서 설치한 큰 간판에 '근면 성실'이 쓰여 있었다. 교실 칠판 위에

'근면 성실' 액자를 걸어놓았다. 6년간 학교 공부하면서 할 수 없이 근면 성실을 익혔다. 또한 선생님들도 근면 성실해야 잘 산다고 입버릇처럼 말씀하셨다. 그래서 근면 성실하면 최고로 잘 사는 줄 알았다.

나는 직장생활을 31년째 하고 있다. 자식 2명 키우며 봉급의 60%를 저축했다. 적금, 생명보험, 재형저축, 보장성 복리보험 등으로 재산을 축적했다. 현재의 내 재산은 지방의 31평 아파트 한 채, 시골의 500평 땅, 현금 3,000만 원이다. 해외여행은 중국 한 번, 일본 한 번 갔다 왔다. 이렇게 저축하며 사는 나의 유일한 취미는 영화 보는 것이다. 돈 아끼려고 조조 영화를 본다. 롯○○○○ 영화관에 가면 팝콘과 콜라를 꼭 사 먹는다. 그런데 어느 날 친구가 하는 말이 3,000원짜리 팝콘의 경우 실제 팝콘값은 원가가 100원도 안 된다는 것이다. 이후 나는 사 먹지 않는다. 한 푼 두 푼 저축한 돈을 거의 80% 이익을 남겨 먹는 팝콘 장수한테 주는 것이 화가 나고 싫기 때문이다. 그것도 팝콘 장수는 롯○○○○ 사주 친척이란다. 나는 성실하게 일하고 저축하는데 80%씩 이익을 남기는 부자 팝콘 장수는 그걸 가지고 이자 차액 분석하고 부동산 투기 연구하고 호의호식하고 있을 거 아닌가.

지금 사회에서 '돈' 버는 방식은 두 가지다. 하나는 자기 직장에 노동을 제공하고 봉급을 받는 경우다. 또 하나는 노동을 제공하는 사람들에게 봉급을 될 수 있으면 적게 주고 그 차액을 챙기는 방식이다. 여기서 문제가 발생한다. 봉급을 받는 사람들은 아주 '성실'하게 일을 하고 받은 그 돈으로 저축하여 돈을 축적하지만 축적의 속도가 아주 느리다. 생활비 쓰고 나면 남는 돈이 별로 없다. 딱 기본적으로 생활할 정도로만 봉급을 받기 때문이다. 그래서 재투자할 기회가 거의 없다. 반면, 봉급을 주는 사람들이 챙기는 차액의 축적 속도는 성실한 사람들의 저축 축적 속도의 수백 배가 된다. 봉급 받는 사람들은 봉급을 타서 저축 등의 방법으로 돈을 축적하고 봉급 주는 사람들은 이자 차액 챙기기, 아파트 되팔아 차액 챙기기, 증권 투자하기 등으로 돈을 축적한다.

조정래 선생이 인간의 3대 발명품의 하나가 정치라고 했다. 정치는 지배를 뜻한다. 지배는 노예가 필요하다는 것을 의미한다. 지배는 기술이 필요하다. 기술은 조작이고 술수다. 그래서 정치라는 발명품은 괴물이다. 법·윤리·도덕이 있다. 이것을 잘 지키는 사람들은 봉급 받는 사람들이다. 봉급 받는 사람들이 법·윤리·도덕을 잘 지키면 좋아하는 사람이 있다. 봉급을 주는 사람이다. 정치인이다. 나 같은 사람을 그들은 매우 좋아할 것이다.

나는 '성실함'에 익숙해져 있다. 너무 성실하여 해외라고는 일본과 중국 딱 두 곳밖에 가지 못했다. 그것도 회사에서 보내준 거다. 유럽도 한번 가보고 싶다. 어떻게 하면 꿈을 이룰 수 있을까 많은 고민을 했다. 드디어 논리적인 해결책을 찾았다. 그렇다면 성실해서 일본과 중국 두 곳밖에 가지 못했기 때문에 불성실하게 살면 유럽을 갈 수 있는 거 아닌가? 이게 논리에 맞는 거 아닌가? 그래서 나는 기분의 카타르시스를 위해 불성실의 라이프스타일을 개발하고 경험해 보기로 했다.

6항에 자세히 나오겠지만 새벽에 운전할 때 사람 없으면 신호등을 지키지 않는다. 꺼림칙하지만 재미있다. 이상하게 기분이 좋다. 신호등은 봉급을 주는 사람이 만든 것이기 때문이다. 사람 사는 세상에는 신호등이 있다. 신호등을 제작하고 조작하는 사람이 의심스럽다. 나는 운전 중에 내 자동차가 속도위반을 하여 과태료 처분을 받으면 끝까지 범칙금을 내지 않는다. 압류한다고 협박성 통지서가 온다. 꿈적하지 않는다. 폐차할 때 낼 것이다. 부하 직원에게 회사를 위해 너무 성실하게 일하면 너만 손해 본다고 말해준다. 난처하지만 색다른 불성실의 경험이다.

따뜻한 이야기의 전래동화가 있다. 성실하게 일하는 착한 나무꾼이 산에 나무하러 갔다가 그만 연못에 쇠도끼를 빠트렸다. 그런데 연못 속에서 산신령이 나타나더니 "금도끼가 네 도끼냐, 은도끼가 네 도끼냐?" 하고 물었다. 나무꾼은 "아니요, 제도끼는 낡은 쇠도끼입니다"라고 대답을 했다. "이런 착한 놈을 봤나, 옜다! 금도끼 은도끼 다 가져라~" 하는 내용이다.

성실을 악용하는 산신령이다. 산신령은 기득권이다. 금도끼와 은도끼는 산신령이 성실하고 착하게 사는 사람에게 주는 낚싯밥이다. 그것을 무느냐 안 무느냐는 금도끼와 은도끼에 현혹되느냐 안되느냐이다. 도끼를 빠트린 내 약점과 내 잘못을 교묘히 이용하는 산신령이다. 머리를 쓰는 나무꾼이 되어야 한다.

성실하게 나무만 채취할 게 아니다. 나무 채취하며 곁눈질을 잘하여 영지버섯도 따고 산삼도 캐야 한다. 곁눈질하지 않으면 산삼을 캐지 못한다. 세상은 성실한 사람이 덫에 걸린다. 성실이 오히려 덫이다. 현혹이 작동되기 때문이다. 다산 정약용 선생도 성실하게 살지 말자더라. 그렇게 훌륭한 분이 성실하게 살지 말라고 하는데 따르지 않을 수 없는 거 아닌가. 범칙금 납부는 어떻게 해야 할까? 6항에 써 놓았다.

06

규칙 어겨보기! 실험, 신호등의
파란불과 빨간불 사이

5항 불성실의 라이프스타일 이야기 연장선상에서 못다 한 이야기를 다시 해 보겠다. 규칙 어겨보기 실험을 했다. 첫 번째로 빨간불 신호등에서 서지 않고 그냥 지나가기다. 저녁을 일찌감치 먹고 10시쯤 잠자리에 들었다. 새벽 2시 반쯤 일어나 간단하게 세수를 하고 차를 몰고 시내로 나갔다. 이리저리 시내를 돌아다녔다. 빨간불이 깜박깜박 점멸로 작동되는 신호등과 정상적으로 작동되는 신호등이 섞여 있었다. 점멸 신호등을 지났다. 낮이었다면 신호등의 지시에 따라 멈춰 섰을 것이다. 평 시간에는 빨간불일 때 멈춰 서지만 점멸로 되어 있어 멈추지 않고 획 하고 그냥 통과하니 브레이크를 밟지 않는 기분이 야릇하고 시원하다.

점멸 신호등을 지나니 빨간불이 정상적으로 작동하는 곳이

나타났다. 마음속으로는 파란색이라고 생각했지만 신호를 어기고 그냥 지나갔다. 사람도 없었다. 웬일인지 미안함이나 꺼림칙한 마음이 드는 것이 아니라 통쾌함과 산뜻한 마음이 들었다. 빨간불과 파란불의 차이가 내 생활에서 무엇이지? 파란불은 파란 규칙, 빨간 불은 빨간 규칙이지. 그런데 왠지 그 규칙 위반이 내 마음을 시원하고 통쾌하게 한다.

두 번째 실험을 했다. 세금 늦게 내기. 내 소유의 500평 밭이 있다. 올해 전반기 재산세 고지서가 나왔다. 기간 안에 내지 않았다. 2019년 3월 현재 미납이다. 독촉장이 나왔다. 2018년 하반기 자동차세도 납부하지 않았다. 납부 거부하는 마음이 어떨까? 궁금하다. 해방된 느낌이다. 재산세와 자동차세는 언젠가는 납부할 것이다. 납부 결심은 내 양심인가? 내 마음에 내 양심은 있는 것인가? 그 양심이 무엇이지? 내 양심은 튀밥인가? 세금 늦게 내겠다는 것이 내 본마음인데 이 마음을 튀기는 뻥튀기 기계가 있나? 나는 튀겨지는 옥수수인가? 그 뻥튀기 기계는 누가 작동하고 있는가?

세 번째 실험이다. 군대 간 아들 면회를 갔다. 아들이 소속되어 있는 부대는 강원도 양구에 본부를 둔 ○○사단이 관할하는 백두산 부대다. 생활하는 곳은 최전방 ○○연대 소속인 철책을 지키는 초소(GOP)다. 양구에서 승용차로 한 시간 정도 거리의 평화의 댐 가기 전 방산이라는 마을 인근이다. 가을이라 그런지 차창 저쪽으로 단풍으로 물든 산이 빨강 파랑 노랑 빨강 파랑 노랑 노래를 하면서 스쳐 지나간다. 원주를 지나 홍천쯤 지날 때다. 라디오에서 뉴스가 나오는데 기분이 착잡했다. 종교적 신념 등을 이유로 입영을 기피하는 이른바 '양심적 병역거부'가 정당한 사유로 인정돼 처벌의 대상이 되지 않는다는 대법원 판결에 대한 뉴스였다. 국방의 의무라는 규칙을 지켜야 한다는 양심으로 군대 간 아들이 생각났기 때문이다.

양구는 청주 집에서 원주 홍천 춘천을 거쳐서 가야 한다. 인제 가기 전 신남이라는 삼거리에서 46번 도로로 좌회전해서 간다. 양구로 가는 도중 괜히 부아가 오르고 심통이 났다. 아들을 만났다. 부대를 나온 나는 아들이 짜장면이 먹고 싶다기에 중국집에서 팔보채와 짜장면을 시켜 식사를 했다. 아들은 이제 제대 3개월 남았다. 짜장면 먹으며 아들은 나한테 분통을 터트렸다. '아빠, 군대에서 보낸 18개월이 무의미하게 느껴져요. 국방의 의무라는 말에 속은 거 같아요!'

아들과 헤어진 나는 승용차를 몰고 청주로 오기 시작했다. 아들을 생각하니 마음이 착잡하여 정신이 혼미했다. 이 생각 저 생각 하면서 운전을 했다. 나도 모르게 홍천 근방 국도에서 빨간불을 무시하고 그냥 지나쳤다. 그 순간 아들 군대생활과 빨간불 신호등 이미지가 교차되며 내 머리를 스쳐 지나갔다. 아니나 다를까, 저만치서 경찰이 손으로 내 차를 길가에 세우라고 손짓을 한다. 신호 위반으로 60,000원 범칙금 고지서를 발부받았다. 성실하게 군대 간 아들 때문에 범칙금을 내게 되었다.

원주 근방 영동고속도로 근방을 지나고 있었다. 아들 문제와 신호위반 범칙금 등의 여운이 가시지 않고 계속 머릿속을 맴돌았다. 나도 모르게 오기가 생겼다. 엑셀에 발을 올려놓고 밟기 시작했다. 속도계가 시속 160km를 가리키고 있었다. 무인 신호 단속기를 알면서도 휙 지나가 버렸다. 며칠 뒤 집으로 고지서가 날아왔다. 80,000원 납부하라고.

네 번째 실험이다. 횡단보도 건너다 중간에 정지하고 서 있기다. 신호등에 파란불이 들어오자 횡단보도를 건너기 시작했다. 잠시 후 걷던 동작을 횡단보도 3분의 1 지점에서 멈춰 섰다. 조금 있으니 신호등의 불빛이 빨간색으로 바뀌었다. 그리고 나는 빨간색 신호등을 배경으로 셀프사진을 찍었다. 그 순간 흘러가는 시간 속 한순간을 멈춰 서게 하고 스마트폰이라는 틀 속에 집어넣는 느낌이었다. 나에게 시간은 멈췄고 흐르지 않았다. 그러나 나 이외의 사람들에게는 시간이 흐른다. 운전하는 사람들이 나에게 경적을 울리며 욕을 한다. 빨리 비키라고 욕한다. 미쳤냐고 소리 지른다. 욕하고 소리 지르면서도 나를 치지 않고 피해 지나간다. 건너편 사람들도 나를 이상한 눈빛으로 쳐다본다. 조금 있으니 경찰이 호루라기를 불며 온다. 경찰에게 붙잡혀 도로 밖으로 끌려 나왔다. 호루라기에 구속되었다. 호루라기의 부하가 되었다. 호루라기에 말 잘 듣는 사람이 되었다. 그리고 15,000원 교통법규 위반 범칙금 고지서를 발급받았다.

나에게 벌금의 시간이 흐르기 시작했다. 고민이 생겼다. 범칙금을 납부 기한 내 낼 것인가? 말 것인가? 돈으로 계산할 수 없는 내가 1,000원짜리 '호루라기' 말을 들어야 하나? 내 양심은 지금 파란불과 빨간불 중간에 있다. 내 양심의 존재 여부를 호루라기가 심사하는 건 자존심 상한다. 빨간불 지나갈 때 내 마음은 통쾌함, 해방감, 기분 째짐이었다. 반면에 미안함이나 꺼림칙한 마음이 없는 것은 아니었지만 이것보다 통쾌함, 해방감, 기분 째짐이 무척이나 더 컸다. 내 마음은 지금 파란불과 빨간불의 중간에서 빨간색은 고민이고 파란색은 자제다. 자꾸 "통쾌함, 해방감, 기분 째짐"에 마음이 쏠린다. 이상하게 그쪽으로 기분 좋게 마음이 쏠린다. 규칙 어기기 연습하니 마음이 시원하다. 파란불과 빨간불 어느 쪽에 내가 현혹당하고 있는 것이지? 빨간불에 내가 현혹당하고 있는 것인가? 고민도 하고 싶고 자제도 하고 싶었다. 그러나 통쾌함과 해방감 기분이 째진다. 범칙금 내야 하나? 고민과 자제 사이에 내가 서있다. 고민은 자제가 현혹이고 자제는 고민이 현혹이다.

07

송강 정철의 이미지메이킹, 관동별곡

"강호에 병이 깊어 죽림에 누웠더니, 관동 팔백 리에 방면을 맡기시니, 어와 성은이야 갈수록 망극하다" … 중략. 조선 중기 대표적 가사 문학인이며 정치가인 송강(松江) 정철(鄭澈)이 지은 관동별곡(關東別曲)2)이다. 관동별곡과 더불어 정철이 지은 사미인곡, 속미인곡, 성산별곡은 학창시절 국어시험에 단골로 등장했다. 이 때문에 대부분 학생들이 관동별곡이라는 가사문학에 각인되어 정철을 알고 있다. 그것도 훌륭한 문학인으로.

정철은 조선의 임금 선조와 파벌들의 당쟁 속에서 유배와 복직을 되풀이하는 파란만장한 인생을 살았다. 조선 정치사에 가장 잔혹한 피바람을 불러왔던 '기축옥사'라는 사건이 있다. 1589년 조선 선조 때 정여립이 모반을 꾸민다는 모함으로부터 시작되어 정여립과 연루된 많은 사람들이 희생된 사건이다. 이

---

2) 45세에 강원도 관찰사로 부임한 송강(松江) 정철(鄭澈)이 여러 명승지를 둘러보고 읊은 노래로, 조선 가사 문학의 백미로 꼽힌다.

사건의 수사 책임자를 맡은 정철은 조금이라도 연루되면 처형해 동인 탄압의 주역으로 활약했다. 처형된 사람이 1,000여 명에 달하고 수백 명을 귀양 보냈다. 자기 생존에 걸림돌이 되는 정적에게 자비 없는 정치인이었다. 자기 생존을 위해서 욕구에 과도하게 치우친 정치인이다.

수천 명을 죽인 정철의 작품이 왜 시험에 잘 나올까? 왜 살인자의 기억은 희미할까? 교과서에 실려 있고 시험에 잘 나오니 시험에 정신이 휘말린 것이다. 싫은 소리를 한마디도 할 수 없을 정도로 문학작품에 취한 것이다. 낙(樂, joy)에 취해 슬픔이 묻힌 것이다. 슬픔이 낙에 현혹된 것이다. 장점 같은 장점이 정철의 문학작품이다. 교과서에 나온 그의 작품이 모든 것을 덮고 있다. 기막힌 이미지메이킹에 전 국민이 현혹되어 있다.

괜찮은 영화로 지금도 기억에 남는 영화 '베스트 오퍼(The Best Offer, 2013 제작)'가 생각난다. 주인공 버질, 버질의 친구 빌리, 버질의 애인 클레어, 버질의 연애 코치인 수리공 로버트가 등장하는 영화다. 주인공 버질은 노령의 세계적인 미술품 경매사이며 미혼이다. 그는 그의 친구 빌리와 함께 경매를 조작한다. 버질이 진품을 마치 격이 낮은 작품인 것처럼 경매를 하고 빌리가 이를 싼 가격에 구입하여 버질의 비밀 방에 전시를 한다. 대부분 여성이 모델인 작품들이다. 소장된 작품에서 모델인 여자들의 존재는 그 의미가 버질에게 각별하다. 마치 신화 속 조각가 피그말리온과 그가 상아로 조각한 이상형의 미녀 갈라테이아의 관계처럼.

대인기피증이 있고 평생 여자와 자본 적 없는 버질 앞에 미모의 여자가 등장한다. 부모가 남긴 미술품들을 경매해달라는 27세의 의뢰인인 클레어다. 버질은 사랑에 빠진다. '인간의 감정은 예술과 같아서 사랑마저도 위조할 수 있다(Human emotions are like art. They can be forged. Even love)'라는 세인의 말이 버질에게 딱 맞는 말이다. 버질은 클레어와 여생을 보내기로 결심하고 은퇴를 결심한다. 그러던 중 버질은 어느 날 자기 비밀의 방에 있던 모든 그림들이 사라진 것을 발견하게 된다. 버질의 친구 빌리와 수리공 로버트, 클레어가 서로 짜고 그림을 훔친 것이다.

그는 경찰에 신고하지 않는다. 그때 한구석에 있던 자동장치에서 '위조 작품 속엔 진품의 면모가 감춰져 있다'라는 버질의 말에는 동의하지 못한다는 음성이 나온다. 그리고 버질이 간 곳은 바로 클레어가 자신의 첫 남자친구와 함께 갔다던 프라하의 한 레스토랑. 그는 그곳에서 혼자 식사를 하면서 클레어가 자신에게 돌아오기를 기다린다. 위조 작품 속엔 진품의 면모가 감춰져 있다는 자신의 신념과 클레어가 자신에게 했던 어떠한 일이 생기더라도 클레어는 버질을 사랑한다는 말을 믿으면서. 버질은 예술품의 진품 가품을 정확하게 구분하는 능력은 있었지만, 사랑의 진짜 가짜를 판단하는 능력은 없었다.

베스트 오퍼에서 많은 물음이 생긴다. 우리의 삶이 진정 진짜인 것일까? 자신이 살아온 삶, 현실과 미래가 온전히 자신만을 위한 것일까? 또한 자신의 감정과 욕구, 비현실적인 물음에 대한 답을 자신만 할 수 있을까? 내 감정과 욕구가 타인은 관계가 없는 것일까? 이러한 물음에 영화 베스트 오퍼의 주인공 버질은 자신이 겪은 최악의 순간에야 비로소 온전한 삶의 주인공으로 거듭날 수 있었던 것일까? 꿈에서 깨어난다는 것은 그만큼 고통스러운 일일 것이다. 모든 것이 속임수였다. 현혹이었다. 버질의 삶 자체가 거짓이고 오류였고 현혹의 대상이었다. 누구보다 자신을 잘 알던 친구 빌리는 버질의 그림을 훔쳐 가기 위해 치밀한 작전을 펼친 것이다. 모든 것이 의도적으로 버질을 속이기 위한 거짓이었다.

정철은 내면의 추악함과 밸런스를 맞추기 위해 관동별곡·사미인곡·속미인곡·성산별곡을 썼을까? 아니면 인간은 원래 추악함과 선함을 동시에 지닌 양면성이 있는데 선함의 일부가 삐져나온 것일까? 아니면 선함이 앞에 있고 악함이 뒤에 숨어 있는 것인가? 관동별곡·사미인곡·속미인곡·성산별곡은 악을 감추기 위한 가면일까? 위조품일까? 이미지메이킹이었을까? "모든 위조품엔 진품의 미덕이 숨어 있다"라고 한 버질의 말처럼 정철에게도 미덕이 있다고 생각해줄까?

'You use a glass mirror to see your face; you use works of art to see your soul(우리는 거울을 통해 우리의 외면을, 예술 작품을 통해 우리의 내면을 본다).' 노벨 문학상 수상 작가 조지 버나드 쇼의 글이다. 진짜와 가짜 참 애매하다. 진짜는 가짜를 현혹하고 가짜는 진짜를 현혹하기 때문이다. 나는 기막힌 정철의 이미지메이킹에 한 표 준다. 정철의 위조품엔 진품의 미덕이 숨어 있을 수 있기 때문이다. 아! 나는 현혹당한 것일까?

08

결과와 과정 사이

인천 송도에 사는 딸에게서 전화가 왔다. 야구 구경 가자는 것이었다. 야구를 좋아하는 딸이 인천 SK행복드림구장에서 열리는 2018 KBO리그 플레이오프(PO) 5차전 입장권을 구입하는 데 성공했다는 것이다. SK 와이번스와 넥센 히어로즈 경기다. 나는 원래 한화 이글스 팬이다. 그러나 한화를 물리치고 막강 SK 와이번스를 상대로 5차전까지 온 투지와 열정의 넥센 팬이 되기로 했다. 긴 행렬을 뒤로하고 드디어 경기장에 입장하여 관람석에 앉았다. 나도 모르게 응원가를 부르며 신나게 관람을 했다. 말 그대로 접전과 혈투였다.

접전 연장 10회 말 SK 한동민의 끝내기 홈런으로 SK의 3승 2패 승리로 2018 KBO리그 플레이오프(PO)가 마무리되었다. 인천 SK행복드림구장이 무너지지 않은 것이 다행이다 싶을 정도로 열광의 도가니였다. 시나리오를 이렇게 만들려고 해도, 만들기 힘든 극적인 장면을 연출했다. 4:9로 밀리던 넥센이 9

회 초 동점을 만들고, 10회 초 역전에 성공했지만 10회 말 SK
가 믿을 수 없는 연속타자 홈런으로 경기를 끝낸 것이다. 9회
2사 박병호의 동점포가 소름을 돋게 했다. 더 소름을 돋게 했
던 것은 한동민의 끝내기 홈런이다. 결국 SK가 11:10으로 승리
했다. 전율 그 자체였다.

11:10의 점수로 보면 최고의 명승부였다. 최고로 재미있었던
경기였다. 팬들은 전율을 느낄 수 있었겠지만 사실 이 경기는
명승부라는 그림자 뒤에 가려진 졸전이었다. 명승부 포장에 감
춰진 졸전이다. 6회 점수를 주고받는 장면에서 양 팀 모두 쉽
게 경기를 끝낼 수 있었는데 그 찬스를 살리지 못했다. 승리를
스스로 반납했다. 6회 초 최정 선수가 제리 샌즈의 병살타성
타구를 더듬으며 에러(error)를 범했다. 그렇지만 않았다면 투
수 김광현이 점수를 주지 않고 이닝을 마무리했을 것이다. 6점
을 뽑은 SK가 승리를 일찌감치 잡았을 가능성이 높았을 것이
다. 또한 6회 말 2루수 넥센 김혜성이 어처구니없는 2루 송구
를 하는 실수를 했다. 김혜성이 실수를 안 했다면 SK에 6점까
지 점수를 내주지 않았을 것이다. 그렇지 않았다면 경기 흐름
상 SK가 일찍 경기를 포기했을 수도 있었을 것이다. 넥센에 승
리의 여신이 갔을지도 모른다.

9회는 경기 에러보다 더 뼈아팠다. 9:4로 앞서가던 SK가 9
회 5점을 내주면서 동점이 됐다. 제1선발 투수인 메릴 켈리 선
수 카드를 쓰고도 5점 차 리드를 지키지 못했다. 제1선발 투수
는 무조건 이겨야 하는 경기에 투입시키는 법이다. 동료 선수

의 실수로 투수 의욕이 꺾이자 7회까지 잘 던졌던 켈리의 공이 안 좋아지기 시작했다. 급하게 마무리 투수 신재웅을 올렸지만, 넥센 타자 박병호에게 동점 홈런을 맞았다. 물론 최종 승리는 했지만 중간의 실수가 만들어낸 결과다.

파울루 벤투 감독이 이끌고 있는 한국 남자축구 대표 팀이 2018. 10. 16일 오후 8시 천안종합운동장에서 파나마 국가대표와의 평가전을 치렀다. 2:0으로 앞서가다 전반전 종료 직전 프리킥 세트 피스로 한 골을 내줘 전반전을 끝내고 후반전에 1점을 내줘 2:2 무승부로 끝났다. 전반 45분, 센터 백 김민재가 불필요한 반칙을 하여 프리킥을 내줬다. 파나마는 이 프리킥을 성공시켜 1점을 추가했다. 한국의 결정적 실수로 1점을 내준 것이다. 전반전을 2:1로 끝낸 한국은 후반전 시작 4분 만에 김문환 선수가 어이없는 백패스 실수로 동점 골을 허용했다. 이렇게 2:2 무승부가 된 것이다.

아찔한 무승부다. 경기 종료 직전의 장면이 진땀을 흘리게 만들었기 때문이다. 파나마의 후반전 교체 선수 두 명이 한국 골문을 뒤흔들며 대역전승을 만드는 것처럼 보였기 때문이다. 후반 추가 시간 90+3분, 파나마 선수가 오른쪽 끝줄을 완벽하게 파고들며 날카로운 크로스를 날렸고 골키퍼 조현우의 손끝을 스친 공이 반대쪽에 자리 잡은 에스코바르 발 앞에 떨어졌다. 누가 봐도 빈 골문에 3:2 역전 결승 골이 들어가는 순간이었다. 그런데 한국 입장에서 너무도 다행스럽게 에스코바르는 헛발질로 중심을 잃고 넘어졌다. 골을 넣지 못했다. 점수판은

2:2 그대로 끝났지만 진 기분을 쉽게 떨쳐버릴 수 없었다.

파나마 경기 4일 전 한국과 우루과이의 축구 평가전이 있었다. 센터 백 김영권이 미끄러지며 공을 놓치는 실수를 하자 이 틈을 기회로 삼은 우루과이 선수가 놓치지 않고 골로 성공시켰다. 2:1로 이기긴 이겼지만 씁쓸한 승리다. 한국과 파나마의 축구 경기를 주요 기록을 바탕으로 분석해보았다. 점유율: 한국 60% 파나마 40%, 유효 슛: 한국 6개 파나마 4개, 슛: 한국 14개 파나마 8개, 코너킥: 한국 4개 파나마 4개, 오프사이드: 한국 3개 파나마 3개 등 한국이 이겼어야 하는 게임이었다. 그런데 무승부다.

한국은 불필요한 반칙과 어이없는 백패스라는 두 번의 실수가 계기가 되어 2점을 실점하여 이길 수 있었던 게임을 무승부로 끝냈다. 파나마는 한 번의 실수로 3:2로 이겼을 게임을 놓쳤다. 경기 과정의 양과 질로 보면 승부는 한국이 승리를 했어야 했다. 그러나 무승부다.

SK의 11:10 승리가 전율을 만들었다. 최고의 명승부였다. 최고로 재미있었던 경기였다고 모두 평가한다. 그러나 명승부라는 그림자 뒤에 가려진 졸전이었다. 명승부 포장에 감춰진 졸전이었다. 경기 과정의 양과 질이 목표 달성이라는 것에 묻혀버린 것이다. 한국 대표 팀이 골을 먹은 것은 상대 팀의 공격 실력이 좋아 내준 골이 아니었다. 그 실점들 모두 우리 선수들이 실수한 것이다. 내 실수는 상대방의 기회다.

결과적 승리가 과정을 뒤덮는다. 과정을 결과가 포장한다.

승리라는 목표 달성의 결과에 과정이 포장되고 현혹되었다. 포장에 홀리면 외롭다. 속이 매우 불편하다. 인생이 불편하고 꺼림칙하다. 목표 달성은 상대방과 타인의 희생과 실수로 얻는 것이다. 나 스스로 달성한 것이 아니다. 그것은 어쩌면 과정에 대한 결과의 미안함이다. 미안함을 아는 것이 현혹당하지 않는 것이다.

제2장

그러고 보니 현혹

DECEPTIVE SOCIETY

경복궁, 모텔 사랑, 피타고라스, 도덕, 조직,
뻐꾸기와 잡새, 삶, 1,000년 된 볍씨

간신 유자광에게 마광수 교수가 서시(序詩)를 헌정하다

내가 20대 중반이었을 때니까 1980년대다. 그때 TV에서 가장 인기 있었던 연속극 중 하나가 "조선왕조 500년"이라는 사극이다. 나는 열렬한 시청자였다. 특히 연속극 중 "설중매" (세조~성종) 편이 지금도 기억이 생생하다. 우리가 흔히 조선 시대의 대표적인 간신이라 일컫는 한명회와 서얼 출신 유자광에 관한 스토리다. 유자광 역을 맡은 배우 변희봉 선생의 기막힌 연기가 지금도 눈에 선하다. 극중에 손금으로 점을 보면서 "~는 내 손안에 있소이다"라는 대사를 했는데, 당시 큰 유행어가 되었다. 나는 이 연속극 영향으로 지금까지 유자광이 희대의 간신이라고 믿고 살았다.

얼마 전 한 TV 역사 프로에서 유자광이 고자질과 음해로 정적을 숙청하는 간신으로 소개되는 것을 보았다. 과연 그럴까,

하는 의구심과 함께 유자광이 서얼 출신이라는 데 주목했다. 유자광은 서얼이라는 신분 차별의 굴레에 많은 고초를 겪었던 사람이다. 그러나 세조-예종-성종-연산군-중종 5대에 걸쳐 관직에 올랐던 사람이다. 예종 때 남이 장군이 역모를 꾸몄다고 음해하여 그를 처형시켰다. 1498년(연산군 4년)에는 무오사화3)를 일으켜 그를 견제하는 사림파를 제거했다. 이 사건이 간신으로 낙인찍힌 결정적 계기가 되었다. 순간 진짜 간신이었을까? 하는 생각이 지워지지 않았다. 왜냐하면 간신이 임금을 어떻게 5명이나 모셨는지에 대한 의구심 때문이었다.

나는 세상을 남들보다 좀 더 색다른 관점으로 바라보는 경향이 있다. 이런 성향으로 마광수4) 교수의 팬이다. 2017년 돌아가시기 직전 출판한 "인간에 대하여"라는 책을 서점에서 우연히 발견하여 읽었다. 책을 읽으면서 언뜻 유자광이 생각났다. 독특한 세계관을 가지고 있던 마광수 교수와 유자광이 만나 소주 한잔하면서 토론을 하면 어떨까? 참 재미있는 설정이겠다 싶었다. 그래서 우리 집 서재에서 나를 MC로 하여 가상의 토크 방송을 설정해 진행해보았다.

---

3) 이성계의 조선 건국에 참여한 세력인 훈구파와, 이에 참여하지 않은 사림파 간의 치열한 정치 경쟁 과정에서 유자광이 소속된 훈구파가 사림파를 제거한 사건임.

4) 마광수(馬光洙, 1951년 4월 14일~2017년 9월 5일), 1984년부터 연세대학교 국어국문학과 교수를 지내며, 한국 문학의 지나친 교훈성과 위선을 비판하고 풍자함. 1991년 출판한 『즐거운 사라』의 외설 논란으로 1992년 강의 도중 구속, 1995년 징역 6월에 집행유예 2년이 확정, 연세대학교 교수 해직, 1998년 특별사면, 2002년 복직, 2017년 자택에서 홀로 별세함.

MC) 먼저 초대에 응해주신 유자광 대감님과 마광수 교수님
께 감사드립니다. 특히 몇백 년 만에 오신 유 대감님
영광입니다. 대감님께 먼저 질문드리겠습니다. 사람들
은 대감님이 조선 시대 대표적인 악(惡)한 간신으로 알
고 있습니다. 어떻게 생각하시나요?

유자광) 아니, 악한 간신이 어떻게 5명의 왕을 모실 수 있나?
가만히 생각해봐, 악한 간신이라고 기록한 사람이
누구지? 승리자와 지배자들이지, 자기들 유리한 쪽
으로 기록해놓은 거지. 이것을 학자, TV, 작가 들이
지배자 입장에 빠져 당신들을 현혹시킨 결과 아닌
가? 서얼 출신이기 때문에 나를 간신으로 만들어놓
은 거지. 내가 이기면 안 되는 이유라도 있나? 나 같
은 서얼 출신이 이기면 안 돼? 상놈이 양반 좀 이기
면 안 돼? 죽고 죽이는 생존게임에서 이긴 거지.

MC) 그래도 방법이 좀 치사하지 않나요?

유자광) 최고의 기득권인 조선의 엄친아 남이 장군 같은 양
반들이 나를 포위하고 죽이려고 하는데 앉아서 죽
을 수는 없었지. 혼자 슬퍼해야 하는 서얼 출신 나
유자광이 양반과 싸우는 내 입장에서는 그 방법밖
에 없었어. 내 삶의 방식이고 그 전략밖에 달리 방
법이 없었어. 음해가 아니라 고변이었어.

마광수) 이해합니다. 역사는 정직하게 모든 진실을 말해줄
수 없습니다. 역사는 언제나 민중을 외면합니다. 역

사의 미화(美化)는 언제나 나를 기분 나쁘게 합니다. 예전에 <용의 눈물>이라는 TV 연속극이 있었습니다. 이성계의 조선건국 이야기입니다. 이성계나 이방원의 야심으로 죽어간 민중들은 '역사의 도도한 물줄기'를 위해 필요했던 소모품 정도로 그려진 것이 기억납니다. 다들 그때 이방원 역을 맡았던 유동근 배우에 흠뻑 빠졌었지요. 이렇게 우리는 승리자에게 '현혹'되지요. 대감님은 서얼 출신이지요. 민중이었습니다. 소모품이 되기 싫었던 거지요. 간신이 아닙니다.

유자광) 이해해주셔서 감사합니다.

마광수) 몸종이었던 대감님 어머니도 양반의 탐욕에 짓밟힌 거지요. 그 탐욕에 태어난 분이 대감님이시고요. 기득권의 소모품이 되어 억울한 삶을 살다 간 분들이 사는 집이 어디인지 아시나요? 경복궁입니다. 한번 가보시지요. 경복궁에 가면 가끔은 왕보다 궁녀를 먼저 생각해보시지요. 왕에게 현혹당하지 말고 궁녀에게 현혹당해 보시지요. 기분이 좋을걸요. 이 서시를 대감님께 헌정합니다.

경복궁

- 마광수의 '인간에 대하여' 서시(序詩)

경복궁 구석구석에는 얼마나 많은 정액과 애액이 묻어 있을까?
왕들의 음탕한 욕정은 산삼, 용봉탕, 살모사, 해구신 등
백성들의 피땀을 빨아 정성 들여 키운 정력에서 나왔겠지
어린 궁녀들의 아랫도리를 물들이고도
백성들의 피는 넘쳐흘러 아직도 경복궁 주춧돌 사이로 흘러내린다
세월이 흐르고 흘러 수없이 강산도 바뀌어 왕들은 죽어버려 백
골조차 없지만
그 어린 궁려들도 외로이 늙어 죽어 불쌍한 모습조차 찾아보기 어
렵지만
경복궁 근정전에서는 아직도 정액 냄새가 난다 피 냄새가 난다
조선조 이 씨 왕족 놈들의 그 탐욕의 냄새, 그 음흉한 냄새가 난다.

생물학적 행복과 이성적 행복

우리 부부는 그림과 서예 감상이 취미다. 나는 김환기 화백
의 그림을 좋아하고 아내는 추사 김정희 글씨와 그림을 좋아한
다. 그림은 내 일상에서 '기분 좋은데!' '행복한데!'라는 감정의
발현에 가장 많은 기여를 한다. 집이 지방이다 보니 지역 향토
작가 미술 전시회를 주로 찾아간다. 1년에 2번 정도는 국립현
대미술관과 간송미술관을 찾는다. 때로는 좋아하는 작가 전시
회가 있으면 수시로 서울로 올라간다.

내가 사는 곳은 충북 청주다. 특히 교외 산속에 친분이 있는
향토작가들의 전시회를 관람하고 오는 날이면 우리 부부는 행
복한 일탈을 한다. 겸사겸사 우리 부부 단골 드라이브 코스다.
차창 가로 보이는 미술관 옆 아름다운 산속의 모텔은 또 다른
그림으로 다가온다. 모텔은 또 다른 감상이다. 그래서 가슴을
설레게 한다. 그림 감상을 마치고 돌아오는 날이면 그 설렘에
우리 부부는 모텔에서 사랑을 나누곤 한다. 익숙해진 집의 사랑

에서 느끼지 못하는 색다른 욕정과 행복감이 모텔에서는 격렬하게 꿈틀대기 때문이다. 사각사각 씹는 사과 같은 맛이 난다.

그런데 가만히 생각해보니 이렇게 사랑을 하는 또 다른 이유가 있음을 알았다. 나에게 그림 감상의 행복은 손에 잡힐 듯 말 듯하다. 알 듯 말 듯한 행복감이다. 따지고 머리를 굴리는 행복감이다. 준비된 행복감이다. 전략적 행복감이다. 그러나 모텔 사랑은 따지고 말고도 없는 손에 확 잡히는 행복감이다. 모텔의 행복은 격이 떨어지는 행복인 것 같으면서도 나에게는 더 확 와닿는 행복감이 느껴진다. 그래서 고민이다.

행복에 대해 고민하고 있는 요즘 이 고민 해결에 시동을 걸어준 사람을 발견했다. 세계 100인의 행복학자에 선정된 서은국 교수다. 서 교수의 말을 옮겨와 본다. 사람은 행복하기 위해 사는 것이 아니라 살기 위해 행복감을 느끼도록 생물학적으로 설계되어 있다. 실연의 아픔을 달래는 데 진통제가 효력이 있고 따뜻한 수프를 먹으면 덜 외로워진다. 어떤 위인의 말이나 훌륭한 언어 위로보다 효과가 있다는 것이다. 불행한 사람은 긍정의 가치를 모르는 것이 아니라 그것이 뜻대로 되지 않는 것이다. 행복은 생각이 아니다. 겨울이 다가오면 남쪽으로 이동하는 철새가 있다. 새의 뇌는 눈에 닿는 일조량과 햇빛의 미세한 각도 변화를 감지해 이동 시기를 본능적으로 결정한다. 생각하고 계획하는 것이 아니다. 인간은 여전히 100% 동물이다. 인간은 지능이 높을 뿐 타조나 숭어와 본질적으로 다르지 않다. 그런데 '인간 동물'은 왜 행복감을 느낄까? 공작새 꼬리는 우스꽝스러울 정도로 크고 화려하다. 암컷들에게 과시하는 상징물이다. 포식자의 눈에 잘 띄니 잡혀먹기 쉬워 생존에 큰 핸디캡이 될 수 있다. 위험할 때 도망가기 거추장스럽다. 그렇다면 왜 멸종되지 않았을까? 번식을 위한 성공적인 짝짓기 때문이다. 나의 모델 사랑은 타조나 숭어의 사랑일까? 공작새 꼬리의 현혹적 사랑인가?

심리학자 밀러(Geoffrey Miller)의 『메이팅 마인드Mating Mind』라는 책 요지를 보면, 창의성이나 도덕성 같은 마음의 산물들은 동물 중 인간만이 가진 특성이며, 또 바로 이런 점 때문에 인간은 동물과 질적으로 다르게 생각한다고 했다. 그러나 밀러에 의하면 인간의 마음 또한 진화의 과제를 해결하기 위해 생긴 '도구'일뿐이다. 피카소는 캔버스에, 바흐는 악보에 생을 바쳤다. 이런 행위는 동물이 존재하기 위해 꼭 필요한 것은 아니다. 악보가 추위를 막아주지 못한다. 그렇다면 이런 노력에 담긴 본질적 의미나 목적은 무엇일까? 대답은 '짝짓기'를 위함이다. 짝짓기를 위해 설계된 공작새 꼬리 같은 기능을 하는 것이 '인간의 마음'이라는 것이다. 피카소의 그림 그리는 마음, 바흐의 음악 하는 마음이 그렇다. 멋진 꼬리가 공작새들의 짝짓기 경쟁에서 승부를 가르듯, 멋진 마음(위트, 마음의 수준, 능력 등)을 가진 자들이 인간의 짝짓기 싸움에서 우위를 점한다. 멋진 마음이 공작새의 꼬리와 같은 역할이다. 인간의 모든 특성은 생존을 위해 최적화된 도구다. 행복도 그 도구의 일종이다.

기억의 물리적 실체를 세계 최초로 찾아낸 사람이 있다. 강봉균 교수다. 그의 주장이 매우 흥미롭다. 평소 행복의 실체가 무엇인지 궁금하던 차에 나에게 충격적인 메시지를 주었기 때문이다. 뇌 속의 신경세포에서 나뭇가지처럼 뻗어 나온 돌기인 '시냅스'가 기억을 만들고 저장하는 곳이다. "기억은 추상(抽象)이 아니라, 신경세포의 특정 시냅스 간에 이뤄지는 전기화학작용이다. 새로운 정보가 들어와 저장될 때 시냅스가 커진다. 커질수록 기억이 강렬하다는 뜻이다. 세월이 지나 기억이 사라지면 시냅스 크기가 줄어든다." "괴롭고 슬프거나 수치스럽고 불쾌한 일은 왜 잘 잊히질 않는가. 반면, 즐겁고 행복했던 시간은 왜 쉽게 희미해지는가?" 그것은 생존 때문이다. 나쁜 기억이 오래가는 것은 생존 본능과 직접 관계있다. 가령 쥐약을 먹고 죽을 뻔했던 쥐는 쥐약과 비슷한 냄새나 모양에는 절대 가까이 가지 않는다. 혹독한 경험의 기억이 그렇게 만드는 것이다. 사람도 마찬가지다. 그래서 생물학적 의미에서, 즉 과학적 의미에서는 우리가 흔히 말하는 행복은 사치다. 생존의 이유일 뿐이다.

노년의 시간이 화살처럼 빨리 지나가는 이유는 일상에서 기억에 남을 만한 게 없기 때문이다. 저장되는 기억의 양에 따라 시간의 길이를 상대적으로 받아들인다. 소년 시절의 경험은 거의 대부분 새로운 경험이기에 정보의 양이 방대하다. 하루하루가 꽉 차 있는 느낌이 있는 것이다. 반면, 노년에 이뤄지는 경험은 새로울 것이 없고 반복적 일상이다. 그런 일상적 경험은 기억에 거의 저장이 안 된다. 즉, 인간의 본질은 추상적인 게 아니라 뇌에서 일어나는 전기화학적 작용으로 규정된다는 사실이다.

40대 중반의 남자 동료 직원이 있다. 상처를 한 직원이다. 얼마 전 술 한잔하자고 하여 퇴근 후 회사 인근 단골 삼겹살 식당으로 갔다. 주거니 받거니 술잔이 돌더니 속마음을 털어놓았다. 6개월 전 결혼정보회사를 통해 여자를 소개받았다. 서로 대화가 잘 통하고 여러 가지 조건이 맞는 거 같아 급속도로 가까워졌다. 결혼 이야기까지 오고 가는 정도까지 갔다. 그러나 어느 날 갑자기 관계를 정리하자며 이별을 통보받았다 한다. 이 말을 하면서 눈물이 글썽거린다. 제대로 실연당한 것 같다. 이때 언뜻 신경과 의사인 고등학교 동창 말이 생각났다. 실연당하여 마음이 아플 때는 진통제를 먹으면 해소된다는 것이다. 직원에게 이를 설명했다. 밑져야 본전이라 생각하고 먹어보겠다고 흔쾌히 수용했다. 얼마 후 진통제를 2일 정도 먹은 이후로 마음이 많이 편해졌다는 연락이 왔다.

마음이 심장에 있다고 여겼다. 흥분하거나 슬플 때 심장이 펄떡펄떡 뛰기 때문이다. 사실은 뇌의 작용으로 아드레날린을 분비해 심장에 반응이 나타난 것뿐이다. 마음의 실체가 심장이 아니라 뇌에 있다는 것이다. 그런데 아리스토텔레스가 말했다. "마음은 심장에 있다. 행복은 마음의 산물이다. 행복은 삶의 최종적 목적지다." 매우 이성적이다. 그 이후 우리는 그렇게 믿고 있었다. 그러나 사람의 고귀한 감정, 인격, 영성은

단지 머릿속에서 일어나는 전기화학적 반응에 불과하다. 행복감은 생존 도구이다. 아리스토텔레스와 서은국·강봉균 교수가 서로 자기들의 행복으로 현혹하고 있다. 어느 쪽이 행복인가? 나는 때로는 그림보다 모텔 안에서의 행복감이 더 좋다.

03

조용필의 꼬임과 정수의 비율

무척이나 좋아하고 유독 기억에 남는 노래가 있다. 잠이 오지 않는 새벽 2시쯤에 들으면 마음이 짱이다. 나는 이 노래를 '새벽 2시의 바람'이라고 부른다. 한번 새벽 2시에 들어보면 기분을 이해할 것이다.

> "창가에 서면 눈물처럼 떠오르는 그대의 흰 손
> 돌아서 눈 감으면 강물이어라 한 줄기 바람 되어 거리에 서면
> 그대는 가로등 되어 내 곁에 머무네
> 누가 사랑을 아름답다 했는가 누가 사랑을 아름답다 했는가
> 차라리 차라리 그대의 흰 손으로 나를 잠들게 하라"

조용필의 '창밖의 여자' 1절 가사다. 대마초 사건으로 가수 활동 금지를 당했던 조용필은 1979년 말 가수 생활 해금 조치와 동시에 지금은 없어진 동아방송 라디오 연속극 <창밖의 여자>의 주제가를 작곡하게 된다. 드라마 작가인 배명숙 씨의 노

랫말을 보고 꼬박 닷새 동안 한 끼도 먹지 않은 채 작곡했다고 한다. 단발머리·한오백년·고추잠자리·미워미워미워 등의 노래에 '창밖의 여자'를 타이틀곡으로 하는 앨범이 그렇게 탄생했다. 단일 앨범으로 100만 장 이상 팔려나간 우리나라 최초의 앨범이기도 하다.

이 노래가 유독 내 기억에 남는 이유가 있다. 나의 군대 생활과 연관되어 있기 때문이다. 군대 갈 때 대부분 논산훈련소를 거치지만 나는 불행하게(그때는 다 그렇게 생각했다) 1979년 10월 16일 강원도 양구에 있는 21사단 훈련소로 직접 입대를 했다. 이 시기는 5·18 광주항쟁과 전두환의 신군부 집권으로 이어지는 암울한 시대이기도 하다. 8주 훈련을 마치고 나는 12월 중순 GOP라 불리는 최전방 휴전선 철책으로 배치가 되었다. 해발 1,200m 고지 초소인 그곳은 겨울이 되면 영하 25도 이하까지 내려가는 곳이다. 그 당시 군대는 구타가 심했던 시기였다. 어느 날 구타를 심하게 당하고 모포를 얼굴까지 덮고 누워 있는데 이때 선임병이 켜놓은 라디오에서 '창밖의 여자' 노래가 흘러나왔다. 나도 모르게 하염없는 눈물이 흘러내렸었다. 눈물의 의미가 구타로 인한 감정의 탓도 있었지만 이것만 가지고는 내 감정에 대해 설명이 되지 않았다. 구타는 어느 정도 견딜 만한 마음 자세가 갖춰져 있었고 나이도 어린아이가 아니었으니까. 눈물의 원인은 구타 감정만이었을까? 아니다. 조용필은 나에게 무엇을 전달하였기에 눈물을 흘리는 거지? 그것은 홀림·사로잡힘·빠짐·꼬임이 들어 있는 '택배'를 받은 느낌이었다.

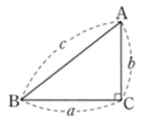

직각삼각형의 빗변을 한 변(c)으로 하는 정사각형의 넓이는 나머지 두 변(a, b)을 각각 한 변으로 하는 정사각형 두 개 넓이의 합과 같다. 모두가 알고 있는 이 이론은 $a^2+b^2=c^2$이라는 '피타고라스 정리'다. 이 정리를 발견한 수학자 피타고라스가 인류 역사상 최초로 음악의 규칙을 발견한 사람이다. 진동하는 줄의 길이와 그로부터 들려오는 음의 높이 사이에 특별한 관계가 존재한다는 것이다. 음의 높이는 현의 길이에 반비례하고 진동수에 비례한다는 것이다. 하프의 줄을 튕겼을 때 다장조의 '도' 소리를 냈다고 한다면 그 현의 길이가 2/3로 줄어졌을 때는 '도'보다 4도 높은 '솔'의 소리가 나오고 1/2로 줄어졌을 때는 한 옥타브 위인 '도'의 소리가 나오는 식이다. 또 현 길이의 비가 2:1, 3:2, 4:3과같이 간단한 정수의 비율일 때 듣기 좋은 소리가 나고 복잡할수록 어울리지 않는다는 사실을 발견했다.

음의 조화에 관한 피타고라스의 발견은 사물의 형태와 크기, 무게, 조화 등이 숫자와 밀접하게 관련되어 있다는 것이다. 즉, 소리의 원천은 진동하는 끈인데, 원래 진동이란 주기적인 운동을 의미한다는 것이다. 고전음악과 민요, 팝, 로큰롤 등 모든 음악은 장르를 막론하고 이 규칙을 따라 만들어진다. 음악도 규칙이고 숫자인 것이다.

얼마 전 음악전문가 20인이 선정한 '가장 노래 잘하는 한국

가수'는 조용필이라는 기사를 봤다. 그 이유는 독창적인 음색, 감정 표현력, 라이브 실력, 시대를 넘는 다양한 장르 포괄, 한국적인 정서를 표현하는 데 탁월하다는 것이다. 그 뒤로 2위 이승철, 3위 인순이, 4위 임재범, 5위 김범수·전인권, 6위 김광석·김현식·나얼·이미자·이은미 순이다.

다음으로 기교 성량 등 기술적 능력이 가장 뛰어난 가수로는 1위 이승철, 2위 김범수, 3위 인순이, 4위 조용필, 5위 정훈희, 6위 거미·나얼·박선주·박정현·이선희·이은미·임재범, 7위 나훈아·심수봉·장필순·전인권 순이다. 또한 곡 해석력, 가사 전달력 등 감성적 능력이 가장 뛰어난 가수는 1위 김광석·김동률·김현식·이승철, 2위 장필순·한영애, 3위 김윤아·양희은·이문세·인순이·전인권·조용필, 4위 배호·심수봉·유재하·이소라·이은미 순이다. 세 가지 기준의 설문조사인데, 노래 잘한다는 기준은 세대와 연령뿐 아니라 개개인에 따라 다르지만 국내 대중음악전문가 20명이 답한 것인 만큼 참고는 할 만하다.

기타 줄의 길이를 a, 진동을 b, 노래를 c라 할 때 조용필은 1,2,3,4,5,6,7,8,9라는 숫자를 아름다운 c^2 소리로 변신시켜 주는 사람이다. 노래는 숫자의 조화다. 조용필은 숫자로 기분 좋게 사람을 사로잡는다. 기분 좋게 홀린다. 기분 좋은 꼬임이다. 조용필은 1,2,3,4,5,6,7,8,9를 배달하는 당나귀다. 조용필의 꼬임은 당해도 좋은 '행복 꼬임'이다. 이제 나이가 좀 차고 아빠가 되니 또 다른 조용필이라 부를 수 있는 가수가 찾아지지 않는다. 조용필은 나에게 방탄소년단이고 엑소이며 '정수의 비율'이다. 내가 '창밖의 여자'를 듣고 눈물뿐만 아니라 다른 감정을 느낀 것은 1,2,3,4,5,6,7,8,9의 숫자가 만들어놓은 정수의 비율 때문이었다.

음악은 각각의 희, 노, 애, 낙(喜怒哀樂)이 서로 조화를 이루게 하고 가쁨을 느끼게 한다. 희, 노, 애, 낙이 정수의 비율을 만들게 한다. 희로애락이 조화를 이루면 아름다움이고 기쁨이고 행복이다. 그렇게 만드는 것이 음악이다. 조용필에게 슬그머니 꼬임에 빠져라. 행복한 빠짐이다. 이승철, 김범수, 인순이, 정훈희, 거미, 나얼 등에게 빠져보자. 빠지는 것은 '정수의 비율'에 빠지는 것이다. 행복하다는 것은 '정수의 비율'이 있는 희로애락이다. 그것은 사람이 꽃보다 아름답기 때문이다. 안치환의 노래다. 안치환이 만들어내는 정수의 비율을 감상해보자. 행복한 정수의 현혹이다. 행복한 꼬임의 현혹이다.

강물 같은 노래를 품고 사는 사람은 알게 되지 음 알게 되지
내내 어두웠던 산들이 저녁이 되면 왜 강으로 스미어 꿈을 꾸다
밤이 깊을수록 말없이 서로를 쓰다듬으며 부둥켜안은 채 느긋하
게 정들어 가는지를
지독한 외로움에 쩔쩔매본 사람은 알게 되지 음 알게 되지
그 슬픔에 굴하지 않고 비켜서지 않으며 어느 결에 반짝이는 꽃
눈을 닫고 우렁우렁 잎들을 키우는 사랑이야말로 짙푸른 숲이
되고 산이 되어 메아리로 남는다는 것을
누가 뭐래도 사람이 꽃보다 아름다워 이 모든 외로움 이겨낸 바
로 그 사람
누가 뭐래도 그대는 꽃보다 아름다워 노래의 온기를 품고 사는

바로 그대 바로 당신 바로 우리 우린 참사랑
지독한 외로움에 쩔쩔매본 사람은 알게 되지 음 알게 되지
그 슬픔에 굴하지 않고 비켜서지 않으며 어느 결에 반짝이는
꽃눈을 닫고 우렁우렁 잎들을 키우는 사랑이야말로
짙푸른 숲이 되고 산이 되어 메아리로 남는다는 것을
누가 뭐래도 사람이 꽃보다 아름다워 이 모든 외로움 이겨낸 바
로 그 사람 누가 뭐래도 그대는 꽃보다 아름다워 노래의 온기를
품고 사는
바로 그대 바로 당신 바로 우리 우린 참사랑

04

부정의 이익

이탈리아 명품 브랜드 구찌가 2019 S/S 리조트 컬렉션에서 선보인 신상 '비닐 선 캡'이 고가(高價) 논란에 휩싸였다는 내용을 내가 즐겨 시청하는 유선 TV에서 방송하는 것을 보았다. 구매 가격이 미국 구찌 홈페이지에서 690달러(약 78만 원), 영국에서는 405파운드(약 58만 원), 이탈리아에서는 450유로(약 58만 원)라고 한다. 한국에서도 주문이 폭주한다고 한다. 기껏해야 원가 1,000원도 안 돼 보이는데 말이다. 또한 '고가 논란 황당 명품 아이템'이라는 제목 아래, 슈프림 벽돌 약 3만 4천 원, 에르메스 돌 약 90만 원, 샤넬 부메랑 약 148만 원, 샤넬 테니스공 약 51만 원, 돌체앤가바나 파스타 약 14만 원이라는 방송이 화면에 나오는 것을 보았다. 아! 명품.

허~허 헛웃음이 나면서 아내 생각이 났다. 결혼기념일 선물 때문이었다. 작년이 결혼 30주년이고 직장근무 32주년 되는 해였다. 식목일인 4월 5일 결혼했다. 당시에는 공휴일이라 날짜를 그렇게 잡았는데 지금은 평일이라 약간 섭섭하다. 32년 동안 월급이 적다고 불평 한마디 하지 않은 아내다. 박봉에 시달리다 보니 32년 동안 변변한 선물 하나 해주지 못했다. 그래서 제대로 된 선물을 해주기로 큰마음 먹고 시내에 있는 백화점 명품 코너에 갔다. 말로만 듣던 '○찌 핸드백'을 사주려고 진열대에 있는 검은색 백 가격을 점원에게 물어봤다. 내 모습이 사지도 못하면서 괜히 물어본다는 투로 대답을 한다. 퉁명스럽게 들린다. 블랙 ○○○○숄더백인데 320만 원이라고 한다. '헉~!'이다. 아내가 좋아하는 블랙 ○○○○숄더백이었다. 내 처지로는 너무 부담스럽다. 젠장! 하고 백화점을 나왔다. 이것도 하나 못 사주나 하는 자괴감에 한숨을 쉬며 집으로 차를 몰았다.

자괴감으로 멍하니 운전하던 중 앞차를 미처 보지 못해 급브레이크를 밟았다. 끼~이익, 다행히 충돌은 피했다. 내 마음이 바닥에 긁히는 느낌이었다. 그 순간 친구가 운영하는 '머시따○○' 가죽제품 가게가 생각났다. 그 가게는 명품 백을 주력 상품으로 취급한다. 친구 가게로 차를 몰았다. 그 가게는 명품 백을 판매하면서 아는 사람에게만 비공식적으로 '명품 모조품 백'을 주문 판매한다. 친구만 아는 '가짜 전문가'가 있다 한다. 친구 사장과 커피 한잔 마신 후 백화점에서 보았던 ○찌 블랙 ○○○○숄더백 모조품을 구해달라고 했다. 10일 후 물건이 도착했다. 기가 막혔다. 감쪽같다. 백화점 물건과 구별할 수 없다. 품질도 진품과 똑같다. 전문가 친구도 감탄한다. 18만 원을 주고 물건을 인수했다. 정성스럽게 포장을 하여 4월 4일 저녁

아내에게 선물을 했다. 좋아하고 기뻐하는 그 얼굴 평생 잊지 못할 것 같다. 1년이 지난 지금도 모조품이지만 튼튼하게 잘 사용하고 있다. 아내는 중요한 외출을 할 때는 ○찌 블랙 ○○ ○○숄더백을 들고 당당하게 외출한다. 어깨가 펴진 것 같다. 명품 백 덕분에 아내는 지금까지 나를 명품으로 대우해준다.

속마음을 털어놓고 지내는 사이인 고등학교 동창 친구와 술 한잔하면서 모조품 선물에 대한 내 속마음을 털어놓았다. "친구야, 아내에게 자본주의 근간을 흔드는 행동을 했다. 내 처지 때문에 결혼기념일 선물로 모조품 명품 백을 선물했는데 아내가 그렇게 좋아하더라. 좋아하는 모습을 보니 잘했다는 생각이 든다. 내가 나쁜 행동을 한 거니? 도덕적으로 비난받아야 하는 거니? 더군다나 320만 원짜리 명품을 18만 원 주고 샀으니 18만 원을 뺀 302만 원의 이익까지 보았는데." "세상 사람은 두 종류로 구분되는가 보다. 원가 1,000원짜리 같은 ○찌 비닐 선 캡을 78만 원에 사는 사람과 못 사는 사람, ○찌 블랙 ○○○○숄더백을 320만 원에 사는 사람과 못 사는 사람 아니면 모조품을 사는 사람으로, 법을 지키는 사람과 안 지키는 사람으로."

울화통이 터지지만 가끔 TV를 볼 때가 있다. 장관을 비롯한 고급공무원 청문회 중계방송이다. 청문회에 나오는 장관들, 고급공무원들을 보면 땅 투기 안 한 사람 없고 위장전입 안 한 사람이 없다. 그들도 정해진 월급쟁이인데 대부분 재산이 상당하다. 몇백만 원짜리 고급 명품 시계를 차고 나와 카메라에 잡힌다. 명품 옷이 카메라에 잡힌다.

법 안 지키는 사람은 명품 백을 사고, 법 지키는 사람은 명품 백을 사지 못한다. 그래서 명품 백을 사는 사람은 법을 믿지만, 명품 백을 사지 못하는 사람은 법을 믿지 않는다. 거기에다 속기까지 한다. 나는 속는 윤리, 속는 도덕에 속박되어 무엇인가 뺏기며 살고 있다. 도덕은 세상 집단을 위한 강요된 규칙이고 조작이다. 그러니 나에게 도덕은 진품이 아닌 모조품이다.

부부생활이라는 생존게임은 다윈의 '자연선택'에 의한 서로 간 선호의 연속이다. 내 입장에서는 모조품 불법 구매에 대한 도덕은 내가 선호하느냐 안 하느냐의 문제지, 지켜야 하는 의무는 아니다. 어쩌면 부부생활 적응을 위한 자연선택이다. 선호되었다. 그래서 모조품 백을 샀다고 자존심 상하지 않는다. 모조품을 아내가 좋아하기 때문이다. 나도 좋다. 모나리자 가격이 30조 원이라고 한다. 명작이고 훌륭하고 가치 있기 때문이라고 평가한다. 나는 지금부터 'New turn' 한다. 모든 것은 내가 알고 인정하면 100점이고 내가 모르고 인정하지 않으면 0점이라고 마음먹는다. 모나리자 그림을 나는 잘 모른다. 명작이고 훌륭하고 가치 있다는 것은 다른 사람의 강요된 의견이다. 내가 해석하면 모나리자 가격이 0원이다.

모조품이나마 사주지 못하여 아내가 슬퍼하면 나는 무척 억울하다. 나는 아내와의 생존이 우선이고 필요하다. 나에게는 도덕보다 억울함이 압도한다. '압도의 현혹'이다. 나는 나의 모조품 도덕을 부정한다. 그랬더니 부정의 이익금 302만 원을 벌었다. 현혹당할 만한 부정의 이익이다. 이렇게 나는 생존한다.

05

골절 후 300m 기어가기!

2018 동계올림픽이 열렸던 평창에 여행을 간 일이 있었다. 올림픽으로 인해 얼마나 국익과 개인 이익이 있었는지는 모르지만 올림픽 그 이면의 아픔도 많다고 한다. 특히 올림픽이라는 이름으로 500년 동안 보존된 산림파괴가 많다고 한다. 화려한 올림픽의 그림자. 평창 올림픽은 감동과 논란을 함께 가져다준 경기가 많았다. 특히 스피드스케이팅 여자 팀 추월 경기가 그렇다. 팀 추월 경기에서는 각 팀의 가장 느린 주자(3위)의 기록이 팀 기록이 되므로 3명은 마치 한 몸처럼 조직적으로 경기해야 한다. 이 때문에 레이스 도중 가장 지친 선수를 가운데에 두고 앞에서 이끌고 뒤에서 밀어주는 등 '팀플레이'로 경기를 운영하는 게 일반적인데 그렇게 하지 않았다는 것이다. '하나의 팀'이라고 보기 어려울 만큼 조직적인 모습을 보여주지 못했다는 것이다. 마지막 두 바퀴를 남기고 선수 1명이 혼자 뒤처지는 상황에서 나머지 2명의 선수가 뒤처진 동료를 무

시하고 자신들만 계속 치고 나갔다는 것이다. 그런데 2명이 뒤처진 선수를 왕따시켰다는 상황이 되어버렸다.

경기 직후 논란이 일자 해당 선수들의 인터뷰가 있었다. 인터뷰 내용이 "전체적인 팀워크나 경기 운영상의 문제라기보다는 3위 선수 개인의 실력이 근본적인 문제다"라고 해석됐다. 네티즌 90% 이상이 이해 못 한다는 반응을 보였다. 이를 계기로 이 말을 한 선수의 국가대표 자격을 박탈시켜야 한다는 국민청원이 60만 명을 넘었었다. 청원 글 중 최단기간에 참여 인원수 최다 달성 기록이었다 한다. 마치 잘 훈련된 군인처럼 전시 야전 최고 사령관인 사단장의 명령에 따르듯 우르르 청원을 했다. 어떻게 이렇게 훈련이 잘되었을까? 훈련시킨 사람이 누군지 명령하는 사람은 누군지 궁금하다.

평창 올림픽이 나를 한참 생각하게 하고 뒤돌아보게 한 경기가 또 있다. 매스스타트 경기다. 이 경기에서 한국의 이○○ 선수가 금메달을 땄다. 한국은 이 경기에 금메달을 딴 이○○ 선수와 정○○ 선수가 참가했다. 경기 초반 두 선수는 모두 하위권에서 경기상황을 지켜보며 레이스를 했다. 정○○ 선수는 이○○ 선수가 힘을 축적하여 지치지 않고 후반에 선두로 치고 나갈 수 있도록 도와주는 역할을 수행했다. 페이스메이커였다. 그 덕에 2바퀴를 남기고 이○○ 선수가 치고 나와 선두가 되었고 정○○ 선수는 이 역할로 힘을 다 쏟아 체력이 모두 소진되어 메달을 따지 못했다. 이○○ 선수는 "정○○ 선수의 도움이 있었기 때문에 금메달이 가능했다"라고 말했다. 정○○ 선수는

"제 레이스로 이○○ 선수가 금메달을 딸 수 있었다는 것이 너무 기쁘다"라고 말했다. 정○○ 선수의 속마음이 정말 그럴까 궁금했다. 매우 속상했을 것이다. 그렇게 말할 수밖에 없었던 개인적, 사회적 이유가 있었겠지. 정○○ 선수의 이익을 이○○ 선수가 뺏어갔다. 꼭 정○○ 선수가 이○○ 선수의 도우미 역할을 해야 했나, 반대로 이○○ 선수가 정○○ 선수를 위해 도우미 역할을 할 수도 있었을 텐데. 그 결정에 생존의 논리가 숨어 있다.

얼마 전 신문 기사를 읽으면서 묘한 마음과 착잡한 마음이 교차된 적이 있었다. 일본 후쿠오카(福岡)현 무나카타(宗像)시 일대에서 열린 전 일본 여자 실업 역전 마라톤 예선 대회에서 메이와쿠라는 선수가 3.6km 거리의 제2구간을 달리다가 갑자기 쓰러졌다. 구간 종점 약 300m를 남기고 넘어지면서 오른쪽 발에 골절상을 입었다. 걷는 것이 불가능했다. 그러자 이 선수는 왼손에 다음 주자에게 넘겨줄 빨간색 어깨띠(바통)를 꽉 쥐고 두 손과 맨 무릎으로 아스팔트 도로 가장자리의 흰색 교통선을 따라서 기어갔다. 무릎은 금세 피로 물들었다. 흰색 교통선도 핏자국으로 얼룩졌다. 여기저기서 대회 본부에 "그만 달리게 해달라"라고 요청했다. 골절상 입은 선수 소속 팀에서 기권하겠다는 입장을 밝혔다. 현장의 심판이 이 선수를 말렸다. 그러나 이 선수는 "반드시 끝까지 가겠다" 하는 의지를 강하게 피력했다. 자기 때문에 팀 동료 선수들이 피해를 보기 때문이다. 경기를 지켜보던 이들이 "힘내라"라고 응원하기 시작했다.

다음 주자는 눈물을 흘리며 이 선수의 분투를 바라보고 있었다. 그리고 바통을 다음 선수에게 무사히 전달했다. 이 선수는 팀 감독에게 고개를 숙이며 사죄했다. "폐를 끼쳐 죄송합니다."

여기서 갑론을박이 벌어졌다. '왜 조직을 위해 희생돼야 하느냐, 그럴 필요가 있느냐, 조직을 위해 고개를 숙이는 메이와 쿠가 옳은지, 희생을 거부하고 자기 목소리를 내는 태도가 옳은지'에 대한 것이다.

나는 프로야구를 좋아한다. 한화 야구 팀을 응원하는 골수팬이다. 그런데 2018년도 시즌에 권혁 선수와 송창식 선수가 경기를 많이 뛰지 못한 것이 매우 마음이 아팠다. 나는 특히 그들을 좋아하기 때문이다. 전년도에 경기 등판을 너무 많이 한 탓이다. 위급하고 결정적으로 필요한 순간에 대신할 선수가 없어 너무 많이 등판하여 어깨 부상을 한 탓이다. 팀을 위해 혹사당하고 희생한 탓이다. 감독이 배려했어야 하는데 승리에 집착한 탓이다. 선수 학대다. 학대를 '투혼(鬪魂)'이라며 추켜세운다. 투혼은 허구의 현혹이다. 감독이 승리에 현혹당한 것이다. 감독의 승리는 현혹이 개입된 허구다.

우리를 둘러싼 것들 중 나를 힘들게 하는 '허구'가 참 많다. '말 잘 들어'라는 어른의 말씀, 장남이니까, 아저씨니까, 청년이니까, 학생이니까, 부장이니까, 사장이니까, 신참이니까, 남편이니까, 어머니니까, 공인이니까 등등 현혹 단어. 이 단어에 현혹만 당하지 않았다면 나에게 생겼을 법한 삶의 이익을 뺏기지 않았을 것이다.

팀플레이의 허구, 다른 사람이 이익을 가져가게 하는 정○○ 선수 희생의 허구, 다른 선수에게 폐를 끼쳐서는 안 된다고 골절되었음에도 바통을 넘겨주겠다고 300m를 기어서 끝까지 가겠다는 의지의 허구, 권혁 선수와 송창식 선수의 투혼의 허구. 상처와 감동 사이에서 중요한 것은 '나 개인의 소중함'이다. 나 개인의 소중함을 조직의 허구에 현혹당하면 안 된다.

06

탁란과 보헤미안 랩소디

'붉은머리오목눈이'라는 새가 있다. 흔히 잡새라고 부른다. 뻐꾸기·두견이(접동새)·매사촌·괭이갈매기·카우버드 등이 있다. 탁란조(托卵鳥)라고 부른다. 전체 조류의 약 1% 정도 된다. 다른 새의 둥지에 알을 낳아 자기 새끼를 대신 기르게 하는 것을 말한다. 탁란조는 자기 둥우리를 짓지 않고 다른 새의 둥우리에 자기 알을 몰래 맡겨 부화시키게 한다. 뻐꾸기는 붉은머리오목눈이(숙주)가 없는 틈을 타서 그 둥우리에 있는 알을 1개 또는 몇 개 물어내고 몇 초 동안에 자신의 알을 1개 낳아 섞어 놓는다. 기존의 다른 알 하나를 빼서 전체 알 숫자를 맞추기도 한다. 마침 알 색깔도 비슷하다. 뻐꾸기는 이렇게 '붉은머리오목눈이' 둥지에 알을 몰래 낳고 떠난다. '붉은머리오목눈이'는 자기 알보다 4배나 큰데도 눈치채지 못하고 자기 것인 줄 알고 품으로 따듯하게 감싸고 부화시킨다.

뻐꾸기 알은 다른 알보다 먼저 부화한다. 이것이 문제다. 부화한 뻐꾸기 새끼는 눈도 제대로 뜨기 전에 옆에 있는 '붉은머리오목눈이' 새의 알을 모두 둥지 밖으로 밀어 떨어뜨린다. 혹시 부화하는 알이 있으면 이 새끼마저 밀어서 떨어뜨린다. 그리고 잡새가 물어오는 먹이를 혼자 받아먹으며 자란다. '붉은머리오목눈이' 새는 그것도 모르고 뻐꾸기 새끼가 자기보다 덩치가 몇 배로 커져도 자기 새끼로 알고 하루 종일 바쁘게 먹이를 나른다. 그리고 비행 훈련을 시켜 떠나보낸다. 생존은 치열하고 '탁란의 본능'은 무섭고 교묘하다.

2017년 10월 스위스 세인트 모리츠의 한 호텔 바에서 젊은 중국 부호가 1878년산 '빈티지 위스키(제품명 뒤에 생산 연도가 붙는 위스키)' 한 잔을 마시는 대가로 1만 달러(약 1,100만 원)를 지불했다고 한다. 나중에 이 빈티지 위스키가 생산 연도를 속인 모조품이라는 것이 드러났다. 빈티지 맛을 구별할 줄 알고 먹었으면 과연 속았을까? '빈티지'라는 상징에 현혹된 '욕망의 맛'이었을 것이다. '우쭐한 맛, 과시의 맛'이다. 폼 한번 잡아보고 싶은 천박한 맛이다. 오늘도 우리는 프랜차이즈 커피 · 피자 · 치킨 · 보쌈 등에 빠져 있다. '별다방 커피', '두 개 섬 커피'를 짜장면 한 그릇 값을 주고 마신다. 1만 달러짜리 모조품인 빈티지 위스키처럼. 빈티지 현혹에 당하고 있다.

가상 화폐 열풍이 휘몰아쳤다. 젊은이를 광풍 속에 처박아 넣었다. 돈 떼이는 소리에 여기저기서 악 악 소리가 난다. 크리스 라센이라는 사람이 가상 화폐 '리플' 창업자인데 세계 최고의 가상 화폐 부호다. 미국 경제 전문지 포브스가 가상 화폐를 통해 세계적 부자의 반열에 오른 19명을 발표했다. 라센은 2017년도 기준 80억 달러(약 8조 7,000억 원)의 자산을 가진 것으로 발표되었다. 2위는 가상 화폐 이더리움 공동 창업자인 조셉 루빈이다. 홍콩 가상 화폐 거래소 바이낸스의 자오장펑이 20억 달러로 3위다. 4위는 '미국 하버드대 재학 시절 마크 저커버그에게 페이스북 아이디어를 도용당했다'라고 주장해 유명해진 캐머런과 타일러 윙클보스 쌍둥이 형제다.

가상 화폐 시장을 처음 만들어낸 사람들은 가상 화폐가 편중된 금융 시스템을 바꿔 훨씬 민주적이고 공평한 부의 분배가 이루어질 것이라고 했다. 그러나 실제로는 가장 많은 부를 차지한 것은 가상 화폐를 직접 만든 사람과 초기 투자자들이다. 그것은 우리들이 알지 못하는 현혹의 그물이 쳐져 있었기 때문이다. 그물에 걸려든 우리는 돈을 갖다 바쳤다. 빈티지 모조품 위스키 한 잔처럼.

<보헤미안 랩소디> 영화 관람자 수가 800만 명을 돌파했다. 국내 개봉한 음악 영화로는 최초이자 최고 기록이다. 대단한 신드롬이다. 나도 800만 명 중에 끼고 싶어서 아내와 함께 영화 <보헤미안 랩소디>를 관람했다. 내용 중에서 가슴에 가장 와 닿는 대사가 있었다. "규격화 거부, 부적응자의 노래, 우리는 스스로 왕, 인간이라는 병, 아버지? 좋은 생각·좋은 말·좋은 행동해서 잘 되셨나요?"라고 말한 리드보컬 프레디 머큐리의 말이다. "힘들고 불쌍한 현재 한국의 루저(패배자)와 부적응자를 위한 위로의 노래"라는 평가다.

우리 루저들은 탁란을 시도하는 쪽이 아니다. 뻐꾸기는 현혹으로 조종하고 잡새는 현혹되어 조종당한다. 그래서 알면서도 어쩔 수 없이 타인의 알을 품는다. 빈티지 모조품 위스키처럼 별다방 커피를 마시며 돈을 갖다 바치며 '탁란'을 품는다. 알을 품으면 뺏길 것을 알면서 말이다. 그것이 잡새인가 보다. '어쩔 수 없이 당하는 현혹'이다. 잡새는 '어쩔 수 없는 세상의 원리'에서 빠져나올 수 없다. "더 이상 패자를 위한 시간은 없어. 왜냐면 우린 모두 세계 챔피언이니까…." 머큐리가 마이크를 잡고 토해낸다, 루저의 노래를. 발을 구른다. 아내와 손을 꽉 잡고 따라 불렀다. 부르다 울었다. 그런데 갑자기 김도향의 '바보처럼 살았군요'라는 노래가 내 생각을 겹쳐놓는다. 어쩔 수 없이 바보처럼 살아가야 하는 잡새의 노래다. 머큐리의 여운으로 영화를 또다시 관람할 계획이다. 그때는 울지 않기로 했다. 어쩔 수 없는 바보였으니까.

07

종교의 덫, 사랑의 고통, 삶의 덫, 예술의 즐거움

우리 집은 가족 간 종교의 자유가 철저히 보장되었던 집안이었다. 부모님이 개방적이었기 때문이다. 나는 불교 신자였고 부모님은 천주교 신자였다. 부모님의 방 책상에는 성모 마리아상이, 벽에는 십자가가 걸려 있었다. 내 방의 책상에는 부처님이 계셨고 벽에는 부적이 붙어 있었다. 부모님이 돌아가셨지만 지금도 십자가와 성모 마리아상은 부처님과 함께 같이 모시고 있다. 성모 마리아상 얼굴에서 아버지와 어머니 얼굴이 지금도 보이기 때문이다.

불교 신자였던 나는 장로교회에서 설립한 고등학교에 입학했다. 주 1회 성경시간이 있었고 매주 월요일은 전체가 모여서 집단예배를 드렸다. 예배가 끝나갈 무렵이면 헌금하는 타임이 있다. 보라색 천으로 싸인 손만 넣을 수 있는 구멍이 있는 현금통이 앞을 지나가면 그때 돈을 넣는 것이다. 나는 지금도 쓴 웃음이 나고 멋쩍다. 헌금통이 지나가면 손을 넣어 돈을 넣는 척하고 오히려 돈을 안 들키게 꺼내 호떡을 사 먹곤 하던 기억 때문이다. 돈을 훔친 것이다. 그때 나는 학비가 없어 쩔쩔매고 도시락을 싸가지 못할 때였다. 나에게는 앞으로 지나가는 헌금 통이 '덫'이었다. 헌금통은 돈을 넣을 수 없는 내 마음의 '덫' 이었다. 훔친 돈이 마음의 덫이 되었다.

아버지가 살아계실 때까지 우리 집안은 '충·효'를 신봉하는 철저한 유교 집안이었다. 이러한 전통에 따라 1년에 제사를 13 번 지냈다. 아버지를 기준으로 시향, 증조할아버지와 그 부인 3 명, 할아버지와 그 부인 2명, 아버지와 그 부인 2명을 추석, 설 날에 제사를 지내기 때문이다. 맏며느리인 어머니가 이걸 혼자 다 감당하셨다. 부모님이 돌아가신 후 제사를 감당할 수 없는 내 아내 때문에 지금은 제사를 명절 2번과 부모님 제사 2번만 지낸다. 어머니와 아내는 제사가 삶의 '덫'이었을 것이다.

내가 어렸을 때 우리 집 안에는 부처님을 모신 법당이 있었 다. 할아버지의 바람기로 속을 썩이던 할머니가 돌파구로 불교 에 심취하여 만든 것이다. 말년에는 반무당이라는 소문까지 났 었다. 할머니가 돌아가시자 법당도 철거되었다. 할아버지는 바 람의 대상이었던 그 여자와 두 번째 결혼을 했다. 그런데 두 번째 할머니와 할아버지는 2일에 한 번꼴로 부부싸움을 했다. 6·25전쟁 때 행방불명된 남편을 기다리며 혼자 사는 우리 옆 집 아줌마와 바람이 났기 때문이다. 지금도 그 모습이 속상한 기억으로 남아 있다. 참 어두운 기억이다. 바람둥이 할아버지였다. 할머니의 사랑은 참 고통스러운 것이었다.

나는 15년 전부터 그림을 그리기 시작했다. 그림을 그리면서 미술품 수집을 취미로 갖고 있다. 경제적으로 풍족하지 않아 싼 소품 위주의 작품을 주로 구입한다. 이름 없는 화가가 그린 그림이라 싸지만 가치 있다고 판단되면 고민하지 않고 구입한다. 그럴 때면 돈이 아깝다는 생각이 들지 않는다. 살면서 제일 행복감을 느낀다.

생각만 하면 행복해지는 화가가 있다. 현대 미술의 구루(정신적 지도자)라는 별명을 가진 '리처드 터틀'이다. 약 40년 전이라 한다. 뉴욕 휘트니 미술관에서 리처드 터틀(77)의 개인전이 있었다. 관람객들은 다수가 화를 냈다. 작품 때문이다. 판자 조각이 격자무늬로 벽에 붙어 있고, 아무렇게나 자른 듯한 천이 벽과 바닥에 흩어져 있었다. 뉴욕타임스는 "없어도 이렇게 없을 수가 있나"라고 혹평의 기사를 내보냈다. 다른 매체들도 혹평을 쏟아냈다. 당시 전시회를 주최했던 큐레이터는 전시 실패의 책임을 지고 일을 그만둬야 했다. 터틀은 "당시 기차를 타면 좌석에 앉을 수가 없었고, 문가에 서 있었다. 행여 내 옆에 앉은 사람이 나를 알아보면 욕을 했기 때문이다"라고 회상했다 한다.

그러나 지금 터틀은 '현대 미술의 구루'라는 별명을 얻을 정도로 존경받는다. 그의 작품들은 뉴욕 현대미술관과 메트로폴리탄 미술관, 파리 퐁피두 미술관, 워싱턴 스미스소니언, 미국

내셔널 갤러리, 런던 테이트 미술관 등 세계 주요 미술관에 소장되어 있다. 그의 첫 한국 개인전인, '리처드 터틀: 나무에 대한 생각들'이 2018년 5월 서울 한남동의 한 갤러리에서 열렸다. 그는 '나무에 대한 생각들은 우리에게 온전한 기운, 평화, 사랑, 내적 고요를 준다'라고 말한다. 그의 작품은 대부분 구하기 쉬운 소박한 재료로 어렵지 않게 만들어졌다. '사람들이 미술을 일상처럼 대하게 하고 싶다'라는 의도였다고 한다.

그는 "모든 사물이나 공간, 인간에겐 기운이 있다"라고 한다. 그 기운은 아마도 생명력을 말하는 것일 것이다. 또 "화가는 자기만의 예술을 할 게 아니라 사회적 역할도 염두에 두면서 작업해야 한다"라고 한다.

종교는 헌금통이라는 덫, 유교는 제사라는 덫이 있다. 사랑은 고통이 덫이다. 이것들은 어쩔 수 없는 내 삶의 일부다. 내 마음속에는 그림이라는 나무가 한 그루 자라고 있다. 그 나무에 대한 내 생각들은 터틀의 말처럼, 나에게 온전한 활력이며 온전히 살아가는 기운이다. 덫이 아닌 온전한 기쁨이다.

인생은 우리를 지치게 만든다. 그래서 계속 살아갈 힘을 다른 데서 얻어야 한다. 사랑? 정말 좋지만 거기엔 어두운 면도 있고 고통도 있다. 종교는 덫이나 짐이 될 수 있다. 천국과 윤회의 현혹이다. 현혹이 여기서도 작동한다. 결국 나에게 생명력을 주는 것과 고통을 줄여주는 것은 그림 곧 예술이다.

08

H.O.T.로의 여행과 1,000년 된 볍씨

29살인 딸에게서 전화가 왔다. 2018. 10. 13.일에 잠실종합운동장 주 경기장에서 하는 H.O.T. 콘서트 티켓 두 장이 있으니 엄마와 함께 가라는 것이었다. 이게 웬 떡이냐 하고 간다고 했다. 딸이 친구와 같이 가려 했으나 회사에 사정이 생겨 못 간다는 것이었다. 횡재다. 우리 부부는 50대다. H.O.T. 팬층보다 나이가 많았지만 다행히 둘 다 얼굴이 동안이다. 야간이라 최대한 젊게 옷을 입으면 40대 초반 정도로 보이게 할 수 있다는 자신감이 있었다. 우리는 청바지에 티셔츠를 입고 모자를 쓰고 운동화를 신고 콘서트장에 갔다. 시간 여유가 있어 3시간 전에 갔으나 이미 뱀 같은 몇백 미터 줄이 입장을 기다리고 있었다. 기다림 끝에 입장을 했으나 무대가 희미하게 보일 정도의 거리에 자리를 잡을 수밖에 없었다. 야광봉을 구입하여 펄쩍펄쩍 뛸 준비를 하고 자리를 잡았다. 잠실종합운동장 주 경기장이 빈틈없이 꽉 들어찼다. 이게 얼마 만의 설렘인가! 얼마

만의 가슴 벅참인가! 얼마 만의 추억 여행인가! 설렘·가슴 벅
참·추억 여행이 그간의 '살아온 시간'을 잊게 한다. 딸아! 고
맙다.

드디어 무대에 H.O.T.가 등장했다. 5만여 관중이 폭풍 같다.
태풍이 몰고 오는 파도 같은 어마어마한 함성이 쏟아진다.
H.O.T.가 같은 장소에서 마지막 콘서트를 가진 지 17년 만이
란다. 2001년도인가? 콘서트를 마친 그해에 H.O.T.는 해체했
다. 성난 팬들이 SM엔터테인먼트 사무실에 계란 세례를 퍼붓
는 장면이 지상파 뉴스에 방영될 만큼 파장이 컸던 것으로 기
억된다.

H.O.T.는 90년대 중반 가요계를 평정했던 1세대 인기 아이
돌 그룹이다. 올해 초 재결합을 선언한 뒤 연 첫 단독 콘서트
다. 지난달 7일 이 공연의 양일 티켓 8만여 석이 1분 만에 매
진됐다 한다. 티켓을 구하지 못한 팬들은 밤새워 은행 앞에 줄
서서 티켓을 구입했다 한다. 이들은 90년대 시스템을 복원해달
라는 청원의 목소리도 냈다 한다.

공연 중간중간 중앙의 대형 스크린 다섯 개에 왼쪽부터 문희
준 등 5명의 모습이 비쳤다. 데뷔 때부터 있었던 다섯 명 그대
로였다. 나는 그때 30대였지만 다른 팬들은 중고생이었을 것이
다. 그때 중고생들이 이제 30·40대 성인으로 훌쩍 자랐다. 그
러나 '팬심'만큼은 여전히 '그때 그 시절'인 것으로 보인다. 그
들은 H.O.T. 팬클럽을 상징하는 전설의 '흰색 우비'와 각종 응
원 도구는 물론 두건, 티셔츠 겹쳐 입기, 허리띠 길게 늘어뜨린

통바지 등 90년대 유행 옷차림을 그대로 갖춰 입고 있다. 오전부터 공연장 입구에서는 팬들끼리 멤버별 캐릭터 부채, 사진첩 등을 교환한다. H.O.T. 히트곡을 틀어놓고 춤을 따라 추는 즉흥 공연도 펼친다. 중국인 팬도 많았다. 어떤 중국인은 중국 산둥성에서 기차와 비행기를 타고 하루 꼬박 걸려 왔다고 한다.

　오후 7시 조금 넘어서 무대에 오른 H.O.T.는 울분에 가득 찬 랩으로 1996년 데뷔곡 '전사의 후예'로 콘서트의 시작을 알렸다. '아웃사이더 캐슬'에선 장애인 편견을 비판하는 수화 안무로, 문희준의 '아이야'에선 가위손 의상 등으로 추억을 되살리는 옛 모습을 재현했다. 각각 금발·청회색·분홍색으로 물들인 토니안·이재원·장우혁, 칼머리를 세운 강타와 문희준 등 모두 '냉동 인간'을 의심케 할 만큼 90년대 그대로였다. H.O.T.의 90년대 뮤직비디오와 현재 멤버들의 모습을 비교하며 보는 재미 또한 쏠쏠했다. 히트곡 '캔디'는 "스타일리스트가 소재까지 옛날 그대로 만들어줬다는 멜빵 털바지 의상을 입고 멤버들이 깜짝 등장했다. 장우혁은 털벙거지 모자를 쓴 채 망치춤을 추고 문희준은 기즈모 인형을 단 채 파워레이서 춤을 추며 팬들을 추억 속으로 데려갔다.

　팬들 역시 H.O.T.의 팻말을 흔들며 떼창 응원을 박자에 맞춰 호응했다. 노래를 들으며 펑펑 우는 팬들도 속출했다. 밤 10시 넘어서 공연은 끝이 났다. 팬들은 한참 동안 자리를 지키며 합창을 이어갔다. "다 함께 손을 잡아요. 그리고 하늘을 봐요. 우리가 함께 만들 세상을 하늘에 그려봐요…."

잠실종합운동장 주 경기장에 모인 H.O.T. 팬들은 그때 중고
생들이었는데 훌쩍 자라 이제는 30·40대 성인이다. 육아와 불
안한 고용, 월급으로는 평생 집 한 채 못 사는 세대, 그래서 아
기도 못 낳는 현재의 30·40대다. 살아감의 힘듦이, H.O.T.를
우상처럼 따르며 열광했던 중·고 시절의 가장 좋았던 때로 추
억여행을 하게 한 것이다. 추억하고의 연애다. 위로의 현혹이
다. 추억하고의 연애가 나를 위로한다. 추억으로의 홀림이다.
오래전에 백제 시대로 추정되는 1,000년 정도 된 '볍씨'가
발굴된 적이 있다. 물을 주면 싹이 날 수 있다 한다. 연애도
1,000년 볍씨처럼 물을 주면 싹이 날 수 있다. 그렇게 추억과
연애하면 위로가 된다. 자식에 홀려 청춘은 땅에 묻혔었다. 나
도 이제 피서를 갈 거다. 내 피서지는 많다. 시장에 가면 자식
옷 먼저 사고 돈 남으면 내 옷 샀다. 이제는 내 옷 먼저 사고
돈이 남으면 자식 옷 사는 것이 내 피서지다. 삼계탕 먹고 싶
으면 돈 생각 안 하고 사 먹는 것이 내 피서지다. 때로는 도피
하는 곳으로의 빠짐도 내 피서지다. 추억으로의 빠짐도 내 피
서지다. 이제 내 피서지로 여행을 떠날 거다. 정신 줄을 한 번
쯤은 놓고 자동차를 운전할 거다. 액셀러레이터를 힘껏 밟아라.
브레이크를 밟지 마라. 피서의 현혹에 행복하게 당해라. 그래
야 피서지에 도착한다.

알고 보니 현혹

남성, 섹스 로봇, 남자 완력, 도파민, 누드 시위,
여자의 성실, 효도, 착한 행동

01

치마 입는 남편

거리를 나가보면 남녀가 걸어 가는 모습을 보게 된다. 부부 관계, 연인 관계, 친구 사이 등 일 것이다. 그런데 대게 여자는 세련되어 보이고 남자는 투박하게 보인다. 남자들은 샌들 신고, 추리닝 입고, 등산복 입고, 우중충한 색깔의 옷을 입고 나오는 경우가 많다. 자기 자신을 소홀히 하기 때문이다.

지금까지 사회제도에서는 전쟁이나 육체적 노역에 남성들이 동원되었다. 이 때문에 그들은 쓸데없는 남성성에 매몰되어 자기 몸 가꾸기를 박탈당했다고 해도 과언이 아니다. 현대사회도 수단이 변했을 뿐 육체적 노역에 동원되기는 마찬가지다. 요즘은 남성도 자기 몸 가꾸는 시대로 변했다. 여성 같은 화사한 몸매를 갖고 싶어 하는 화장하는 남자, 여성 같은 옷차림, 여장남성(transvestite)들의 숫자가 늘어나고 있다. 남자도 치마를 입는 시대가 왔다. 최근 할리우드 배우 빈 디젤과 가수이자 제작자인 카니예 웨스트 등 미국 남자 스타 7명이 스커트를 입고 등장한 동영상이 유튜브에서 크게 화제가 됐다. 대중 패션에서 성의 경계가 점점 무너지고 있는 것이다.

미국 배우 월 스미스의 아들로 배우·가수로 활동하는 제이든 스미스 등 젊은 셀러브리티들이 남성 '스트리트 패션'으로 스커트를 입어 대중적인 트렌드가 될 수 있는 가능성을 보여주었다. 이는 '남성해방운동'의 신호탄이라 할 수 있다. 나도 치마 입고 싶다. 치마를 입고 싶다는 것은 여자가 되고 싶다는 마음의 현혹이다. 내가 치마 입고 싶은 이유는 자신의 표현 수단도 수단이지만 따로 있다.

나에게 결혼은 옥시토신의 현혹이었다. 첫 만남에 눈빛만 보고 사랑에 빠졌다. 만난 지 3개월 만에 결혼했다. 부모가 계시는지, 직업이 무엇인지, 재산이 얼마인지, 형제가 어떻게 되는지 등등 생각할 겨를도 없었고 따지지도 않았다. 그리고 도파민이 나의 사랑을 완성시켰다. 그렇게 나는 남편이 되었다. 결혼 생활은 사랑-임신-폐경이다. 아내의 임신과 폐경이 결혼의 단계를 결정하기 때문이다. 나에게 결혼의 만남은 현혹이고, 임신은 기쁨이고, 결혼의 일생은 '결박'이다. 이러한 일생의 결박에서 해방되는 것이 '폐경'이라 할 수 있다. 폐경은 또 축복이라 할 수 있다. 왜냐하면 임신의 공포로부터 벗어나 인생의 새로운 단계를 맞이할 수 있기 때문이다. 그것은 가족과 혈연의 틀을 벗어나 공동체적 존재로 거듭날 수 있음을 말한다. 우리 집은 이제 아버지, 어머니가 아닌 남자와 여자가 사는 완전

한 공동체가 되었다. 내 아내가 폐경이 되었기 때문이다.

인간은 사랑하는 이와 마주할 때 옥시토신이 나오는데, 대형 영장류인 보노보5)나 침팬지도 서로 털을 골라주거나 자기가 먹을 것을 남에게 양보할 때 옥시토신을 분비한다. 도덕적으로 착한 행동에 해당하는데도 이 영장류들이 인간처럼 도덕을 지녔다고 하진 않는다. 이들에겐 도덕의 필수 요소라 할 수 있는 공정성이나 정의에 대한 개념이 없기 때문이다. 침팬지들도 초기 인류가 그랬듯 사냥할 땐 무리를 지어 협업한다. 그런데 사냥감을 획득한 후 처분 과정이 인간과 다르다.

사람은 사냥에 참가한 모든 동료와 성과를 나눈다. 먹이를 나눠야 다음에도 타인의 협조를 구할 수 있다는 걸 알아서이기도 하지만 꼭 계산적 동기 때문만은 아니다. 나와 남을 동등하게 보고 자신이 처한 상황을 객관화할 줄 아는 능력이 있기 때문이다. 침팬지는 다르다. 먹이를 갖기 위해 사냥에 동참해야 한다는 전제도 없다. 사냥감을 먼저 잡는 개체는 먹이를 독차지하려 한다. 주변에 있던 참가자들이나 운 좋게 현장을 지나가던 침팬지들도 고기 한 조각 먹으려고 달려든다. 인간은 이런 무임승차자들을 무리에서 배제한다.

이렇게 인류는 다른 영장류엔 없는 정의감을 바탕으로 공동체 유지에 필요한 도덕적 잣대와 이를 강제할 다양한 제도를

---

5) 침팬지의 일종. 콩고강 열대우림 지역에 서식하는 영장류. 인간과의 유전적 근연성이 침팬지보다 가깝다고 알려졌다. 침팬지와 보노보가 형제라면 인간과는 사촌 관계 정도로 보면 된다.

만들었다. 인간은 이 도덕을 제도·법률·종교 등 다양한 문화의 형태로 완성했으며 이를 교육이란 시스템을 통해 후대에 전승한다. 그 결과, 오직 인간만이 도덕적 유인원으로 진화했다고 한다.

공동체가 된 우리 집에 '커피'라는 애완견이 있다. 커피라고 이름 지은 것은 딸이 커피 전문점을 운영할 때 기르던 것이라 커피라고 지었다. 커피는 외출했다 돌아오면 10바퀴 정도 원을 그리며 꼬리를 흔들고 이리저리 뛰면서 반가움을 표시한다. 아내는 나보다 커피가 우선이다. 나에게 관심이 없지만 커피에게는 광적으로 관심을 쏟는다. 커피가 감기 걸리면 그 진료비가 내 감기 진료비보다 더 들어간다. 나는 우리 집에서 서열이 커피 다음이 되었다. 나에게는 큰 상처다. 그동안 월급도 다 갖다 바치고, 사랑도 바치고, 몸과 마음을 다 바쳤는데 말이다. 바친 게 아니라 뺏긴 건가? 사랑과 임신 단계 이후의 우리 집 공동체 현상이다.

그래서 나는 치마가 입고 싶다. 치마를 입으면 나에게는 많은 이점이 있을 것이다. 내가 잃어버린 것도 되돌려 받을 수 있다. 첫째는 치마 입으면 바지 입고 일해야 하는 아파트 공사장 막일을 하지 않아도 된다. 혹 치마 입고 일을 하더라도 무더운 여름날 바지 입을 때보다 무척 시원할 것 같다. 바지 다리미질하는 귀찮음에서도 해방될 수 있다. 허리띠를 별도로 구입하지 않아도 된다.

둘째로 치마 입고 싶은 이유는 수명을 7~8년 연장하고 싶고, 병으로 인한 몸의 아픔도 5년 정도 줄이고 싶고 날씬한 아저씨가 되고 싶기 때문이다. 2016년 통계청에 의하면 여자가 남자보다 평균 수명이 7~8년 길다. 치마 입으면 7~8년 더 오래 살 수 있기 때문이다. 삼성서울병원 연구에 의하면 중환자실에 입원하는 남녀 나이를 보면 남성 환자 평균 62.4세, 여성 환자 평균 67.8세로 남성 환자가 여성 환자보다 평균 5.4세 일찍 입원하는 것으로 나타났다. 5년 더 늦게 입원하고 싶기 때문이다. 2016 국민건강영양조사를 보면 한국 남성들이 갈수록 뚱뚱해지고 있다. 보건복지부가 발표한 '2016년 국민건강영양조사' 결과에 따르면, 남성 성인 비만율이 42.3%인 반면 여성 비만율은 26.4%다. 40대 여성은 오히려 전년도보다 비만율이 감소했다. 보건복지부가 "외모와 몸매 관리에 신경을 많이 쓰는 여성이 남성보다 식단 관리에 많은 노력을 기울이기 때문"이라고 말했다. 나도 볼품없는 배불뚝이가 아닌 날씬한 사람이 되고 싶어서다.

셋째는 여자의 폐경을 경험하고 싶다. 여자는 폐경이 되면 섹스에 둔감해진다고 한다. 이때 사랑에서 우정·의리로 관계가 이동한다고 한다. 나는 아직도 욕정이 많이 살아 있다. 참는 것은 자연원리에 반하는 것이다. 그렇다고 아내를 무시하고 바람피울 수 없다. 그래서 치마를 입고 싶다. 치마 입으면 바람 안 피고 의리를 지킬 수 있기 때문이다.

넷째는 겨드랑이털을 없애고 싶다. 땀이 나면 냄새도 나고 털 난 모습이 볼품없어 보이기 때문이다. 생일도 기억하기 싫다. 아내 생일을 가끔 잊어먹는데 그럴 때면 대미지가 크다. 지나가는 택시를 치마 걷어 유혹하는 거 한번 해보고 싶다. 때론 택시비가 없을 때 그런 방법으로 해보면 어떨까 하는 생각이 든다. 여자와 같이 차를 탈 때 차 문 열어주고 먼저 태우지 않으면 매너 없다고 한다. 차 문 먼저 열어주기 싫을 때가 있다. 나도 다른 사람이 차 문 열어주는 것을 경험하고 싶다.

다섯째, 여행이나 어디 갈 때 운전하기 싫다. 도둑 들어왔을 때 먼저 나가 막기 싫다. 먼저 다치니까. 마트에 가서 무거운 짐 들기 싫다. 위험 부담에 더 많이 노출되는 것이 이제는 싫다. 남자라는 명사에 계속 현혹당하고 있기 싫다. 다른 사람이 운전하는 옆에 앉아서 편하게 경치 감상하고 음악 듣고 싶고, 옛날 애인 상상도 하고 싶다. 여섯째로 치마를 입고 커피점을 운영하고 싶다. 그러면 단골손님 겸 남친 10명 정도 만들 수 있기 때문이다. 왜냐하면 강아지보다 서열이 아래라 외로운 나는 마음을 털어놓고 싶은 여자 친구를 구하고 싶다. 그러나 대머리이고 배불뚝이인 내 외모 때문에 구할 수 없어 슬프기 때문이다. 일곱째 옥시토신 효과가 사라진 우리 부부는 익숙함의 폐해로 손잡아도 설렘이 없고 뽀뽀는 해도 깊숙한 키스한 지 오래됐다. 이런 상태에서 아내에게 가장 소중한 사람은 당신이라고 마음에 없는 표현을 하고 있다. 과잉단어의 현혹이다. 그러나 아내는 알면서도 받아 준다. 부부의 또 다른 사랑법이고 질서다. 나도 그런 넓은 마음의 아내가 되고 싶다. 황혼이혼당하기 싫어서다. 나는 우리 재산을 아내가 관리한다. 그래서 혹시 황혼이혼당하거나 졸혼당하면 하소연할 데가 없다는 생각이 들어서다. 아홉째, 늙어서 아내 꽁무니 따라다니기 싫다. 내가 데리고 다니는 사람이 되고 싶다. 마지막으로 미니스커트 입고 싶어서다. 나는 시내에 나가면 여자들이 안 쳐다본다. 대머리이고 배불뚝이고 돈이 없어 보이기 때문이다. 아내는 잘 꾸미고 나가면 남자들이 쳐다본다. 불안하다. 그래서 차라리 내가 치마 입고 싶다. 그래야 공동체가 유지될 거 아닌가?

폐경 이후의 부부 관계는 새로운 공동체 관계다. 인류가 진화 과정에서 공동체에 필요한 도덕을 만들었듯이 아내의 폐경 이후의 부부 관계도 새로운 도덕적 질서가 필요하다. 새로운 공동체 관계에 맞는 서로의 다양한 문화를 어떻게 만드느냐가 부부 관계의 지속 여부를 결정한다. 그래야 새로운 옥시토신이 분비될 것이다. 그동안 나는 생존을 위한 필요(needs)에 의해 남자라는 명사에 현혹되었다. 계속 남자라는 명사에 현혹당해야 하는 것인가? 아내는 어떻게 생각할까?

아들은 1부 2처제 결혼, 아버지는 1부 1처제 결혼

책상에서 책을 읽고 있는데 문득 내가 왜 여기서 책을 읽고 있지? 내가 왜 여기에 앉아 있지? 하는 생각이 들 때가 있다. 그 옛날 최초의 할머니의 할머니와 할아버지의 할아버지가 햇살이 눈부신 어느 날 움막집에서 만나 사랑을 시작하여 대대로 사랑을 하고, 하고, 하여 부모님이 생겼다. 그래서 오늘의 내가 여기서 책을 읽고 있다. 참 생각하면 할수록 신기하다. 내 의지와 상관없이 태어났다. 그 이유는 아무도 모른다. 최초의 할아버지와 할머니만 알고 있겠지. 그러나 태어난 목적은 있을 것이다. 그 목적은 나를 태어나게 한 최초의 할아버지와 할머니가 부여한 목적과 나 스스로 결정하는 목적의 두 분야로 나눌 수 있을 것이다.

자치단체 공무원으로 퇴직한 사촌 형님이 있다. 나하고는 친

형제보다 더 각별하게 지낸다. 1950년생이다. 퇴직 후 충북 청주시 오송 KTX역 인근 시골로 이사하여 농사일을 하고 있다. 조상에게 물려받은 논 1,700평, 본인이 저축하여 모은 돈으로 구입한 밭 800평 정도를 소유하고 있다. 800평 밭에 비닐하우스 5동을 지어 애호박을 재배하고 있다. 세종특별자치시에서 자가용으로 30분 거리이고 오송 KTX역 인근이니 땅값도 꽤 나간다. 연금이 월 300만 원 정도 나온다. 거기에다 애호박 재배에서 월수입이 300만 원 정도 된다. 네팔에서 온 외국인 근로자 1명을 고용하여 일하고 있다. 형님은 남매를 두었는데 5년 전에 상처하여 혼자 살고 있다. 딸은 출가하였고 32살인 아들은 다니던 회사가 부도나는 바람에 실업자가 되어 아버지 농사일을 도와주며 생활하고 있다.

얼마 전 형님에게 전화가 왔다. 막걸리도 한잔하고 호박도 가져가란다. 토요일에 형님이 살고 있는 시골에 갔다. 그냥 있을 수 없어서 애호박 따서 분류작업 후 박스에 넣어 시장으로 운송하는 작업을 도와주었다. 그런데 형님과 조카는 일하는 내내 말다툼을 하는 것이었다. 형님은 조카에게 결혼하라 하고, 조카는 경제적인 면도 있지만 결혼 매력이 없어 할 마음이 없다 한다. 조카는, 아버지는 노인이니 뒤로 물러나야 하고 연금도 있으니 재산을 자식인 나에게 물려달라고 한다. 형님은 믿음이 안 가 아직은 재산을 물려줄 수 없다 한다. 형님 하는 말이 함부로 나를 노인으로 규정하지 마라, 노인 규정은 내가 정한다고 조카에게 쏘아붙인다. 그러면서 형님은 나이가 나이인

만큼 외롭다고 하면서 재혼하겠다는 말을 툭 던진다. 얼마 전 결혼정보회사에 비용을 지불하고 신청하여 조건이 맞는 여자분이 생겼다 한다. 이 이야기를 처음 들은 조카는 상의도 하지 않고 결정했다고 화를 벌컥 내면서 밖으로 뛰쳐나간다.

뛰쳐나가는 조카를 달래려 쫓아 나갔다. 논 옆에 있는 정자에서 조카와 마주 앉았다. 조카에게 왜 결혼하기 싫은지 물어봤다. 조카는, 한 여자를 만나 결혼식 하는 것이 중요한 것이 아니라 결혼 생활이 문제예요. 아버지를 보면 더욱 결혼하기 싫어요. 매일 부부싸움 하는 것을 보았어요. 지겨워요. 삼촌, 경제적인 문제도 있지만 평생 부부싸움 하지 않고 살아갈 수 있는 자신이 없어요. 아버지 결혼 반대 안 할래요. 본인의 시대에 맞는 생각대로 하신다는데 뭐라 하겠어요.

삼촌! 새로운 시대가 도래했어요. 정신적, 육체적으로 영원히 내 편이 되어주는 여자를 지금 찾고 있어요. 그 방법도 있고요. 아버지는 모르지만 지금 동거하는 여자가 있다고 한다. 육체적 욕구를 잘 채워주는 여자란다. 그런데 다음 달에 내 마음을 알아주고 내 편만 들어주는 일본 여자와 또 결혼할 수도 있다고 한다. 삼촌, 다음 달 그 여자 만나러 일본에 가요 한다. 그 일본 여자와 결혼하면 두 여자와 살 거라고 말한다. 순간 멍했다. 충격이다. 1부 2처제로 산다고? 지금이 어느 시대인데. 나는 깜짝 놀랐다.

1부 2처제를 용인해주는 사람이 어떤 여자인지 궁금한 나는 조카에게 한번 보자고 했다. 집으로 오라 한다. 그래서 일을 마치고 같이 조카 집으로 갔다. 그런데 동거하는 여자는 보이지 않는다. 얘? 그분 안 계시니? 물으니 자기 침실로 안내한다. 문을 열고 들어가니 침대에는 태어나서 처음 보는 아주 예쁘고 매력적인 여자가 누워 있었다. 삼촌인 내가 들어가도 이불 속에서 나오지 않아 화가 났다. 그러나 곧바로 일어나지 않은 연유가 파악되었다. 그 여자는 '섹스 로봇'이었다. 너무 사람과 비슷하여 언뜻 착각을 했던 거다. 허 허 참! 조카야, 다음 달 일본으로 만나러 가는 사람이 여자 로봇이니? 예, 제가 밖에서 일하고 집 문을 열면 너무 적막한데 문에서 따뜻하게 맞아주고 술 마시면서 사랑의 대화를 나눌 수 있는 여자가 필요해요. 한데 지금 같이 사는 섹스 로봇은 그것을 못 해요. 그런데 일본에서 구할 수가 있어요. 사람과 결혼한 아버지의 결혼 생활을 보면 매일 싸우고 갈등 생기고, 그게 싫어요. 사람에게서는 내 외로움을 해소하지 못할 거 같아요. 사람하고 사는 것이 피곤할 거 같아요. 조카는 인터넷을 통해 구입했다고 한다. 조카는 피부 색깔도 자기가 좋아하는 갈색이고 긴 머리와 큰 눈, 긴 속눈썹이 매력적이란다. 그리고 '사랑해'라는 대화도 할 수 있단다. 조카는 자기 방에서 혼자 편안하게 욕구를 해결하는데 매우 만족하고 세상에서 제일 예쁘다고 한다. 지금 같이 사는 섹스 로봇 여자하고 사는 것이 무척 행복하다고 한다. 기가 막히다.

1부 1처제의 기존 윤리와 도덕은 구시대 유물인가? 지금의 4차 산업혁명 시대는 현혹의 시대인가? 1부 2처제 또는 1처 2부제를 용인해야 하는 새로운 시대의 도래인가? 생각이 많아진다.

로마 시대 유명한 시인인 푸블리우스 오비디우스가 쓴 시집인 '변신 이야기'에 피그말리온 이야기가 나온다. 피그말리온은 조각가로, 여성 혐오증을 갖고 있었는데 직접 상아로 아름다운 여인을 만들어 그녀와 사랑을 나눴다. 너무나 사랑하여 기도를 하여 조각 여인을 실제 사람으로 변하게 하여 아들을 낳고 행복한 가정을 이루며 살았다. 이 이야기는 가상의 이상적 존재에 탐닉하는 것을 말한다. 이것을 '피그말리오니즘(pygmalionism)'이라고 한다.

4차 산업혁명 시대다. 새로운 사고방식으로 무장해야 하는 시대다. 피그말리오니즘이 요즘 구체적으로 재현되고 있다. '섹스 로봇', 'AI'가 우리를 현혹하고 있는 시대다. 조카는 지독하게 피그말리오니즘에 현혹되어 있다. 할아버지의 할아버지가 부여한 인간의 목적을 거스른다. 그러나 한편으로는 이해가 가기도 한다. 결혼 잘못해 평생을 갈등 속에 사느니 그게 좋겠다는 생각도 든다. 상처받고 있는 이 시대의 청춘 세대는 '연애도 사치, 결혼도 사치'라고 한다. '사토리(달관) 세대'라고 한다. 그 청춘들은 1부 2처제 아니면 1처 2부제의 AI 배우자가 인간 배우자보다 더 현명한 선택일 수도 있다고 한다. 바야흐로 4차 산업혁명의 신사고(新思考)의 시대다.

AI 배우자 시대이며, 이로 인해 자녀를 갖지 않는 시대가 될까? 결혼하지 않는 1인 가구가 증가하고 결혼 매력을 느끼지 못하는 청춘들이 늘어날 경우 자연스럽게 AI 배우자에 현혹될 것은 자명하다. 어떻게 해야 하지? 어떤 사고 체계(思考體系)를 가져야 하지? 필연적으로 개인과 인류에게 커다란 사회적, 윤리적 문제를 야기할 것이다. 그것을 막는 방법이 뭘까? 갈등의 연속이 부부라는 것을 인정하면 될까? 행동과 생각에서 남녀평등, 남녀 공평이 실현되면 되지 않을까? 새로운 사랑의 방법을 찾으면 되지 않을까?

03
남자의 맛, 여자의 맛

조정래 선생의 말을 빌려왔다. 하늘은 인간을 창조하되 남녀
로 구분했다. 이때 남과 여의 완력(腕力)도 같이 배분하였다.
이 남녀 역할 분담이 비극의 뿌리였다. 첫 번째가 씨와 밭의
생식 역할이었다. 그 구분은 조화로워 보이는 것 같지만 애초
에 한 가지 문제점이 내포되어 있었다. 그건 다름이 아니라 남
과 여의 완력(腕力)을 배분할 때 차이가 너무 현격했다는 점이
다. 하늘이 남과 여의 힘 차이를 둔 것은 여자는 애를 낳아서
기르고, 남자는 아내와 아이들을 먹여 살리는 노동을 하라는
것이었다. 노동을 위한 완력, 즉 '노동 완력'이 신성한 남자의
맛이었다.

그런데 남자들은 여자들보다 센 완력을 처자식을 먹여 살리
는 데만 쓴 것이 아니었다. 완력 강한 남자가 주변 남자들을
하나씩 제압해나가면서 이곳저곳에 남자들의 조직이 무수히
생겨나기 시작했다. 조직 간 충돌이 생기면서 전쟁이 시작되었

다. 승자는 국가라는 건축물을 세우고, 거기에 왕을 비롯한 온갖 권력 기구를 만들었다. 자기 영역 속에 들어 있는 인간들을 효율적으로 지배하기 위한 지능적 수단이었다. 이러한 국가 조직 유지를 위해 인간의 3대 발명품 중의 하나인 '정치'라는 괴물이 등장하게 되었다(나머지 두 가지는 종교와 언어이다). 정치란 남자들의 지배욕을 채우기 위한 현혹의 기술이고 술수다. 정치란 '인간 노예화'이기도 한데, 그것을 없애버릴 수 없는 것이 인간 세상의 크나큰 비극이기도 하다. 인간은 정치적 현혹의 지배를 받는다.

모든 권력의 2대 특성은 횡포와 부패다. 국가 권력을 장악한 남자들이 저지른 가장 큰 횡포가 있다. 그것이 무엇일까? '남녀 차별'이다. 이것은 신성한 생식을 위해 남녀를 구분한 하늘의 순수한 뜻을 남자들이 배반한 것이었다. "남자는 우월하고 여자는 열등하며, 남자는 존귀하고 여자는 비천하며, 남자는 지혜롭고 여자는 아둔하다…" 하는 것은 남자들이 수천 년에 걸쳐서 지배를 위해 현혹시켜 조작해낸 차별의 언어들이다. 남자들이 하늘의 뜻을 얼마나 철저하게 거역했는지를 잘 보여주는 증거들이다. 여자들은 이러한 남자들의 조작으로 교육이 차단되어 경제적, 지적 독립성을 지니지 못해서 결혼을 비롯한 평생의 인생을 어쩔 수 없는 선택의 삶으로 살게 하였다. 이러한 남자들의 횡포와 현혹 속에서 여자들은 꿋꿋이 신성한 생식의 의무를 다했다. 인류가 탄생한 이후 변하지 않는 신성불가침이다.

2017년도 사법고시가 마지막으로 치러졌다. 최종합격자 55

명 중 성비는 남자가 54.55%(30명), 여자가 45.45%(25명)이었다. 이뿐만 아니다. 행정고시, 외무고시, 공무원 시험은 말할 것도 없다. 어떤 공공기관은 블라인드 신규직원 채용 결과 여자 합격률이 70%에 육박한다고 한다. 이뿐만 아니다. 육군·공군·해군 사관학교 합격률도 해마다 여성 비율이 높아지고, 여성 수석 졸업자도 나온다. 서울대의 여학생 비율이 2017년 기준으로 41.8%다.

남녀공학 중·고등학교나 초등학교 운동장을 가보면 운동장에서 축구나 다른 운동을 하는 사람들은 대부분 남학생들이다. 남자의 완력이 수렵채집·농경·화석연료 시대의 산물이라는 것을 보여주는 잔존의 흔적이다. 완력에 대한 미련의 현혹이다. 이러한 남자들의 전유물이었던 노동 완력 시대가 가고 있는 것이다. 초등학교 운동장에서는 예전에는 볼 수 없었던 남녀 혼합으로 운동을 하는 경우가 많아진 것에서도 볼 수 있다.

노동 완력을 인공지능이 대체하기 시작했다. 이는 노동의 힘으로 유지되었던 생존을 두뇌의 힘, 즉 '두뇌 완력'으로 유지한다는 것이다. 두뇌 완력 시대는 곧 새로운 개인의 탄생이다. 그중 가장 주목해야 할 것은 새로운 여성 개인의 탄생이다. 그동안 여성들은 노동 완력이라는 남자의 맛에 생식이라는 여자의 맛으로 맞장구를 친 상대적 여자 맛이었다. 이제 생식이라는 '여자의 맛'에서, 내가 나에게 맞장구치는, 자의적·자기 선택적인 여자의 맛으로 다양하게 진화되기 시작했다. 이러한 새로운 여자의 맛 중 한 가지가 '여자력'과 '꾸밈 노동'이다. 논란이 뜨겁다.

얼마 전 한 케이블 TV에서 매주 목요일 밤에 방영하는 '○
○통신' 프로그램에서 일본에서 신조어로 떠오르는 '여자력'에
대해 토론하는 방송이 있었다. 내용은 이렇다. 먼저 일본의 길
거리에서 한 사람의 두 가지 모습으로 머리가 길고 화장을 한
모습과 커트를 해서 탈코르셋을 한 모습을 보여줬다. 사람들에
게 어떤 것이 더 매력적인지 질문을 했다. 모두 긴 머리에 화
장을 한 모습을 꼽았다. 이유는 '여자력'을 높이기 위해서라고
했다. 이어 여자력 컨설턴트라고 하는 사오구치 타마코를 찾아
가서 여자력이 무엇인지 질문했다. 사오구치는 "여자는 꽃으로
활짝 피워야 한다"라고 답했다. 씨와 밭의 생식에서 꽃으로의
이동이라 할 수 있다.

이어 길거리의 인터뷰에서는 일본 여성들은 "남자를 위해서
손수건과 휴지를 들고 다니는 것이 여자력을 높이는 것이고 그
래야 남자에게 인기가 많아진다"라고 의견을 말했다. 계속해서
일본의 길거리에서 여자답게 꾸미는 것, 즉 '꾸밈 노동'이 사회
적 억압인지를 인터뷰했다. '특별히 강요하는 것은 아니고 매
너이다. 예뻐지고 싶은 사람은 개인의 선택에 의해 그걸 하면
된다'라고 답변했다. 여자력이라는 말은 남자라는 상대성과 별
개로 "여성이 자의에 의해 스스로 생활 방식을 향상시키는 힘,
여성이 자신의 존재를 나타내는 힘"을 뜻한다. 좀 더 구체적으
로는 "여성스러운 태도나 용모를 중히 여기는 것, 여성 특유의
감각과 능력을 생활이나 직업에서 살리는 것 등"을 가리킨다는

것이다. 외모만큼이나 '아름다운 분위기'가 중요하다는 것이다 (안노 모요코). 이것은 남자와 관계없다고 한다. 개인의 선택이 니까.

어느 일본 술집에서는 기름진 육식 계열의 안주를 푸른색 글자로 쓴 '남자 메뉴판'과 산뜻하고 가벼운 종류의 안주를 분홍색 글자로 쓴 '여자 메뉴판'을 함께 내놓을 정도다. 노동 완력이라는 남자의 푸른 맛과 생식에서 벗어난 새로운 여자의 분홍맛 중 어느 쪽이 더 현혹적일까? 남자의 완력을 상징하는 남자의 맛은 유통기간이 지났다. 남자의 맛은 '유통기간 지난 그리움의 현혹'이다. 지금 시대의 남자의 맛은 완력에 대한 아쉬움의 현혹이다. 미련에 대한 철 지난 현혹이다. 여자 메뉴판 음식 중 분홍색 맛이 여자의 맛이다. 남자 메뉴판의 음식 중 푸른색맛이 남자의 맛이다. 분홍색 맛은 남자는 관계없는 여자가 여자를 현혹시키는 맛이다. 그러나 푸른색 맛은 남자가 여자를 현혹시키는 맛이다.

04

가성비 결혼

생명공학을 전공한 내 막내딸은 판교에 거주하면서 자기 대
학의 은사 교수 밑에서 유전자 관련 국가 연구 프로젝트를 수행
하고 있는 연구원이다. 올해 29살이다. 얼마 전 딸 생일날 결혼
에 대해 이야기한 적이 있다. 결혼은 하기 싫고 아기는 키우고
싶단다. 지금 사는 아파트 전세 자금을 보태줬으니 결혼 비용은
더 이상 지원해줄 수 없다고 하자 딸이 하는 말이, '큰 비용 드
는 결혼은 가성비가 나쁘다. 나 자신을 위해 쓸 돈과 시간만 줄
어든다. 그래서 결혼에 관심이 없어요'라고 한다. 결혼보다 사
랑하는 사람과 연애하면서 세계 여행을 하고 싶단다. 여행경비
적금도 들었단다. 결혼보다 여행적금에 현혹되어 있다.

결혼의 이유를 생각해보았다. 첫째, 남자와 여자의 생식관계
유지를 위한 장치다. 남녀 생식을 위해 '화학적 호르몬'이라는
매개체를 만들어 결혼을 유도한다. 두 번째는 사랑이다. 매우
추상적이다. 대부분 결혼할 때 '사랑해' 하고 말한다. 또 사랑

하기 때문에 결혼한다고 말한다. 옛날에는 부부가 살아가면서 발생하는 모든 어려움을 사랑이라는 이름으로 극복된다는 어리석은 말을 믿고 우선 결혼했다. 그리고 사글셋방에서 신혼생활을 시작했다. 같이 살면서 그릇 하나하나 장만하는 재미, 저축해가는 재미, 집 평수 늘려가는 재미를 느끼며 살았다. 그 재미를 지금 생각해보면 진짜 재미인지 어쩔 수 없는 재미인지 위로를 위한 재미인지 알 수 없지만 그렇게 결혼 생활을 하였다.

사랑을 표현하는 단어를 보면, 숭고·떨림·심쿵·아름다움·끌림·흥분·빠졌다·유혹·열정·홀렸다·뭉클·편안함·행복·보살핌·의존·즐거움 등이다. 그런데 이때 의문이 생긴다. 무엇 때문에 '사랑해' 하고 말할까? 사랑해 하고 말하는 바탕이 무엇일까? 사랑을 표현하는 단어들의 탄생 근거는 무엇일까? 화학적 호르몬이 근거인가? 사랑이라는 단어가 근거인가? 그래서 결혼은 현혹인가?

얼마 전 한 공중파 TV에서 흥미로운 프로그램을 시청한 적이 있다. 사랑의 감정에 대한 미국 코넬 대학의 흥미로운 연구 내용이다. 남녀 간의 열정적인 사랑의 유효기간은 900일이며, 사랑이 시작된 순간에서 시간이 지날수록 뇌는 어떻게 달라지는가? 그리고 유효기간이 900일인 이유가 무엇인지에 대한 것이었다. 연구 결과 가슴 떨리고 두근대는 사랑의 감정은 빠르면 18개월에서 길어야 30개월 정도만 지속된다는 결과를 발표했다. 사랑이란 감정을 느끼게 하는 것은, 도파민, 페닐에틸아민, 옥시토신, 엔도르핀 등의 물질이 관여하는, 두뇌의 '화학적 작용의 결과'라는 것이다.

또한 이러한 사랑의 감정은 18개월에서 30개월 정도 되면 체내에 이런 물질에 대한 내성이 생긴다는 것이다. 마치 처음에는 진통제 한 알이면 되던 것이 나중에는 두 알 세 알을 먹어도 효과가 없는 환자처럼 처음의 사랑은 더 이상 신선하지도 가슴 뛰지도 않게 된다는 것이다. 사랑도 일종의 중독이라는 것이다. 원래 사랑도 유통기간이 있다는 것이 '세상의 뜻'이었다. 그동안 사랑이라는 현혹으로 위장하고 있어서 유통기간을 몰랐었던 것이다. 이제 세상은 사람들에게 위장을 들켜버렸다. 사람들이 유통기간을 알아버렸다.

유통기간이 지난 음식도 잘 요리하면 맛있게 먹을 수 있다. 온도를 조절하여 음식을 새로 끓이고 양념을 추가하거나 빼고 기술적으로 요리를 잘하면 된다. 우리는 그동안 사랑의 유통기한을 간과한 채 결혼하였다. 지난 유통기간에서 발생하는 문제를 억지로 극복하려고 하니 얼마나 힘이 들었겠나.

트로이 전쟁이 끝나도 돌아오지 않는 남편인 '오디세우스'를, 아내인 '페넬로페'는 시아버지의 수의를 짜야 한다는 핑계로 수많은 남자들의 유혹을 물리치며 기다렸다. 그러나 그 수의는 몇 년째 계속 미완성이었다. 페넬로페는 낮에는 수의를 짜고, 밤에는 짠 만큼 실을 풀어 다음 날 다시 짜곤 했기 때문이다. '페넬로페의 수의'는 절대로 완성되지 않는 기다림의 상징이었다. 페넬로페는 20여 년 만에 다시 고향으로 돌아온 남편을 만난다. 생사도 모르는 남편을 기다렸던 사랑의 세월이다.

참 숭고하고 아름다운 사랑이다. 그렇게 버텼던 힘이 무엇일
까? 화학적 호르몬 덕택인가? 사랑이라는 단어의 덕택인가? 아
니면 위장인가?

사람은 다양한 이유로 솔로가 된다. 그중 하나가 결혼은 필
수가 아니라 선택이라는 인식이다. 더 이상 성인이 되기 위한
필수 관문이 아니라는 것이다. 그동안 우리는 사랑의 유통기간
을 간과한 채 사랑이라는 추상적 단어에 과도하게 현혹되어 결
혼했다. 사랑해서 하는 결혼이 아니라 결혼하고 나서 사랑하는
결혼 시대다. 결혼 동기의 순서가 바뀐 것이다. 이 시대에 사랑
해서 하는 결혼은, 결혼하고 나서 사랑하는 결혼보다 가성비가
낮은 결혼식일 확률이 높다. 결혼 동기의 순서가 바뀐 결혼이
가성비 높은 결혼식 시대다.

톨스토이는 『안나 카레니나』 소설의 처음을 이렇게 열었다.
"행복한 가정은 모두 모습이 비슷하고, 불행한 가정은 모두 제
각각의 불행을 안고 있다." 미안하지만 톨스토이 선생의 말에
이의를 달고 싶다. 사랑에 과도하게 현혹되지 않고 결혼 동기
의 순서가 바뀐 가성비 높은 결혼을 하면 "불행한 가정은 모두
모습이 비슷하고, 행복한 가정은 모두 제각각의 행복을 안고
있다"라고.

05

신체개조

　명동 입구에서 한 시간 동안 지나가는 사람들을 관찰해보
았다. 2개로 양분되어 있다. 사람들은 남자와 여자로 양분되
어 있다. 사람들은 눈 2개, 콧구멍 2개, 귓구멍 2개로 양분되
어 있다. 특히 여자들을 관심 있게 보았다. 치마 입은 사람과
바지 입은 사람·화장한 사람과 안 한 사람·하이힐 신은 사
람과 굽 없는 신발 신은 사람·긴 머리를 한 사람과 짧은 머리
한 사람·립스틱 바른 사람과 안 바른 사람. 그리고 예상관찰
로서 선크림 바른 사람과 안 바른 사람으로 양분되어 있을 것
이다. 그런데 참 우습다. 내 눈과 생각도 양분된다. 눈은 치마
입은 사람·화장한 사람·하이힐 신은 사람·긴 머리 한 사
람·립스틱 바른 사람으로 향한다. 마음은 그 반대다. 왜 양
분되는 거지? 뭔지 모르는 '이끌림'이 내 눈과 마음을 양분으
로 안내한다.
　탈코르셋 운동이 우리 사회에서 활발하게 전개되고 있다. 코

르셋corset이라는 말은 배와 허리둘레를 졸라매어 체형을 보정하거나 교정하기 위해 착용하는 여성용 보정속옷을 말한다. 미적 목적이나 의학적 목적을 위해 몸통을 원하는 모양으로 만들기 위해 입는 옷이다. 탈코르셋은 아름다움을 위해 여성을 가두는 보정속옷을 버리자는 것, 즉 편견을 벗자는 메시지를 담고 있다.

손가락 사이에 오리처럼 물갈퀴를 만들어 끼워 넣고 등에 지느러미를 부착한 사람이 우리 동네에 나타났다는 느낌을 생각해보자. 흉하다·거북하다·이상하다 등 다양한 생각을 일으킬 것이다. 그런데 요즘 스스로 그런 모습을 선택하여 즐기는 사람들이 많이 나타나기 시작했다. 최근에 나타나기 시작한 '신체 개조(body modification)' 트렌드다. 신체 개조는 말 그대로 신체를 인위적으로 변형하거나 가공해서 자신의 개성을 표현하는 패션 방식이다. 주로 합성 실리콘 등 보형물과 약물을 주입하거나 이용해서 신체 특정 부위를 원하는 대로 변형시킨다. 예를 들면, 쇄골 주변에 특수 보형물을 넣어 레이스를 단 것처럼 쭈글쭈글 주름지게 하거나 목 주변에 구슬 목걸이를 건 것처럼 올록볼록하게 요철(凹凸)이 지도록 만드는 식이다. 헤어스타일이나 액세서리처럼 개개인의 개성을 드러내는 행위다. 할리우드 연예인 킴 카다시안도 최근 목둘레를 목걸이를 건 것처럼 변형시킨 뒤 특수 장비를 집어넣어 심장 박동에 맞춰 불까지 들어오게 신체 개조를 했다.

심심해서 추정으로 쓸데없는 계산을 해보았다. 대한민국에

소재하고 있는 성형외과에서 성형수술로 높인 전체 코의 길이다. 우리나라를 찾는 외국인 환자 10명 중 2명은 미용성형 관련 진료를 받는다고 한다. 1년에 외국인 4만 명, 한국인 500,000만 명 총 540,000명을 기준으로 계산해보았다. 물론 근거는 없다. 1명이 코 1cm를 높이는 수술을 했다고 가정해보자. 540,000명×1cm=540,000cm다. 미터로 환산하면 5.4km다. 5.4km의 코 '도로'가 생긴 셈이다. 이 도로에서 달리기를 한다면 길 양옆에서 '환호'하는 사람이 생길 것인데 길에 나오는 사람은 누구지? 길에 나와 환호하는 사람은 현혹당한거야? 아니야?

2018년 6월 서울시 역삼동 페이스북코리아 사옥 앞에서 동서를 만나기 위해 기다리고 있는데 여자들이 하나둘 모여들기 시작했다. 여성차별을 항의하는 행사였다. 궁금해서 지켜보았다. 그런데 순간 눈을 의심했다. 어떤 여성이 알몸 시위를 한 것이었다. 앞서 페이스북코리아는 '불꽃 페미 액션' 단체가 월경페스티벌 행사에서 반라로 노출한 사진을 게시하자 규정 위반을 명시하고 1개월 계정 이용 정지 처분을 내린 적이 있다. 이에 대한 항의였다. "남성의 상위 반라 사진은 그대로 놔두면서 여성의 사진은 음란물로 취급해 삭제하는 것" 이것은 옳지 않다는 것이다.

2015년 4월 프랑스의 예술시상식에서 45세 극작가 세바스티앙 티에리(Sébastien Thiéry)가 당당하게 누드 시위를 벌였다. 그는 실오라기 하나 걸치지 않은 알몸으로 연설문 하나만 들고 무대에 등장했다. 세바스티앙은 프랑스에서는 모든 극작가가 많은 돈을 벌 수 있다고 확신하지만, 사실 소수의 이야기이고 도움이 필요하다고 주장했다고 한다. 이때 시상식에 참석한 한 국계 입양인인 플뢰르 펠르랭 프랑스 문화부 장관에게 가까운 곳까지 접근해 항의했다. 극작가의 알몸시위 도중 방송 카메라는 문화부 장관의 표정을 클로즈업했다. 플뢰르 펠르랭 장관은 잠시 당황한 눈빛이었지만 이내 미소를 지었고 심지어 손으로 입을 가리며 웃었다.

알몸시위, 신체개조, 탈코르셋이 나에게 큰 의미를 가져다준다. 왜냐하면 '남자인 나에게 여자는 어떤 의미인가' 하는 고민을 가져다주었기 때문이다. 우리는 의미를 추론할 때 보고, 듣고, 느끼고, 생각한 바를 교차시켜 판단한다. 그런데 나는 알몸시위는 '보는 것의 결여', 신체개조는 '듣고 느끼고'의 결여, 탈코르셋은 '생각'의 결여가 온다. 내 눈과 마음이 양분되는 이유다.

그럼 결여되었다면 그 의미는 무엇이지? 그렇다면 결여되게끔 한 것은 무엇이지? 그것은 쓸데없는 현혹이거나, 쓸 데 있는 현혹이거나 둘 중에 하나 같은데 헷갈린다. 자연(自然)은 남자는 여자를 현혹하고 여자는 남자를 현혹하는 것이라고 생각하는데 여기에 어떤 문제가 생긴 것인가? 모든 것이 의문투성이다. 나는 여인의 신체 중 긴 손톱에 가장 매력을 느낀다. 긴 손톱만 보면 정신이 없다. 나에게는 어떤 문제가 있는 것인가? 페이스북코리아 사무소 앞 알몸시위 때 그 여성을 보았다. 그러나 예상외로 성적 흥분도의 지속시간은 1분 정도가 지나니 없어졌다. 1분의 현혹 이것은 나도 모르는 현혹이다. 한번 봐주지 못하나요? 시선은 곧 마음이다. 내 시선이 내 생각과 관심을 보여준다. 내 시선은 눈의 흰자위가 많기 때문이다. 많은 흰자위는 내 탓이 아니다.

06

금란방의 바지와 치마 그리고 지구와 달

우편번호 06757, 서울시 서초구 남부 순환로 2406, 예술의 전당 주소다. 여기에 나이트클럽이 생겼다. 모처럼 대학교 동창들과 예술의 전당에 나이트클럽이 생겼다는 소문을 듣고 놀러 갔다. 금기를 깨는 '금란방'이라는 신작 창작가무극 관람이었다. 신나는 음악이 흘러나오는 입구에 가면 홍대 앞 클럽에 들어갈 때처럼 형형색색의 종이 팔찌를 채워준다. 캄캄한 안으로 들어가면 무대 위에서 배우들이 EDM 음악에 맞춰 춤을 추며 관객을 맞이한다. 공연장인지 클럽인지 분간이 안 되는 이곳의 이름이 '금란방(金亂房)이다.' 본래 금란방은 밀주를 단속하던 전담반 이름인데 모든 것이 허락되는 곳이라는 상징적 공간이다.

'금란방'은 18세기 조선 최고의 힙플레이스다. 이곳에서는 모든 것이 가능하고 무엇이든 상상할 수 있다. 이 금란방을 중심으로 금기된 것을 깨는 이야기를 하는, 유쾌한 소동극이다.

금기를 깨는 이야기에 걸맞게, 공연장 또한 아는 사람만 찾아가는 비밀스럽고 은밀한 분위기 느낌으로 꾸며졌다. 왕의 서간 관리자인 '김윤신'은 궁중에서 금기시하는 연애소설 책을 왕에게 밤마다 읽어준다. 왕은 좀 더 맛깔스럽게 읽어달라고 호통친다. 결국 김윤신은 조선 최고의 전기수(소설을 읽어주는 낭독가) '이자상'의 비법을 배우러 이자상을 흠모하는 딸 매화의 장옷을 훔쳐 입고 부녀자들만 간다는 금란방에 간다. 김윤신의 딸 매화는 얼굴도 모르는 정혼자 윤구연(금주 단속반)과 억지 결혼의 스트레스를 풀러 금란방에 간다. 이때 윤구연에게 금란방에서 장옷을 입고 있을 테니 만나자고 서신을 보낸다. 매화와 장옷을 입은 김윤신과 이를 매화로 아는 윤구연 등이 장옷을 서로 뺏고 뺏기며 좌충우돌하는 흥미진진한 이야기다.

금란방은 부녀자들이 드나들며 몰래 술을 먹고 전기수의 이야기도 듣는 곳이다. 금란방을 찾은 부녀자들은 짓눌린 삶을 한탄하며 술을 마시고 남자들을 향한 울분을 토한다. 조선 시대의 금기와 욕망이라는 이야기가 있는 공간이다. 남장 여성인 전기수 이자성은 성별을 초월한 사랑, 금기시되는 욕망 등의 이야기를 통해 여성의 의식을 깨우는 인물이다. 권세 높은 사대부 김윤신은 이자상을 통해 자신의 틀을 깨고 훌륭한 전기수가 된다. 금란방은 조선 시대가 배경이지만 선글라스를 낀 배우가 등장하고 재즈와 모던록이 흘러나온다. 공연 자체도 금기에 대한 일종의 도전을 상징한다. 금기는 사회 유지를 위해 필요하지만 그것이 깨지는 순간도 살아가면서 한 번쯤은 필요하다.

현재 한국 사회에서 태어나 가장 많이 참고·일하고·배우고·해내고 있는 사람이 엄마다. 그런데 이 경력은 스펙 한 줄 되지 않는다. 모성 신화라는 말이 있다. 모성 신화란 모성(母性)은 본능이라 엄마는 아이를 위해 무조건적으로 헌신한다는 것이다. 그런데 여자의 중심축인 모성 신화를 거부한 엄마들이 늘어나고 있다. 그들은 '이 악물고 버텨'라는 말이 격려가 되던 시대는 끝났다'라고 말한다. 자녀에게 올인하기보다 정체성을 지켜내기 위한 '느슨한 모성애'가 필요하다고 한다. '모성 결핍'을 죄책감으로 여기지 않는 세대다. 결혼해 아이 낳는 일을 당연하게 여기지 않는 세대가 등장하고 있는 것이다.

2019년 "금란방"에서 나와야 하는 이야기가 있다. 바지와 치마, 현모양처, 요리, 귀걸이, 여자의 성실, 며느리 의무 등이다. 혜화역에서 몰카 편파 수사 규탄 집회에 참석한 한 여성이 '분노한 여성이 세상을 바꾼다'라는 뜻의 손 피켓을 들고 있었다. 표면적 요구는 불법 촬영(몰카)하거나 유포한 남성 처벌을 강화해달라는 것이지만, 실제로는 남성 중심 사회에 대한 분노였다. 회사 면접 때 "자네는 여자인데 왜 남자같이 바지 입고 왔나. 여자는 치마를 입어야지"라고 한 말에 대한 항거였다.

달은 지구를 돈다. 달은 지구와 가장 가깝지만 지구에 한 번도 얼굴을 전부 보여준 적이 없다. 달 표면을 모두 볼 수가 없다는 말이다. 지구에서 볼 수 있는 달 표면은 '앞면'인 59%에 불과하다. 41%의 달은 우리가 볼 수 없다. 달의 공전주기와 자전주기는 27.3일로 같다. 지구 한 바퀴를 27.3일에 걸쳐 도는

데 거기에 맞춰 달도 자체적으로 움직이니 지구에서는 늘 달의 한쪽만 보게 되는 것이다. 그렇게 보이는 59%의 면을 '앞면'이라고 부른다. 보이지 않는 41%의 부분을 '뒷면'이라고 한다.

남성 위주의 가부장 제도 체제는 그동안 여성들로 하여금 바지를 못 입게 하고 치마 입는 데만 전념하도록 했다. 예쁜 귀걸이를 하고 요리 잘하는 현모양처를 강요했다. 거기에다 모성을 악용했다. 임신과 육아를 명분으로 여성의 성적 감정도 통제했다. 마광수 교수가 한 말이 있다. "21세기 이후의 성이라는 주제를 놓고 생각해볼 때 남성 주도의 성에서 여성 주도의 성으로 바뀌게 될 것이다. 다시 말하면 '양(陽)'이 지배하던 세계가 '음(陰)'이 지배하는 세계로 바뀐다"라고. '성의 혁명' 시대라는 것이다.

지구는 남자고 달은 여자다. 여성의 혼외정사 수가 남성의 혼외정사 수와 같아진다. 자식은 아버지를 의식하지 않게 되고 어머니만 의식하게 된다. '몸과 마음을 포함하는 사람의 구성'에서 여성이 59%를 차지하고 남성이 41%를 차지할 것이다. 그 비중은 앞으로 더 벌어질 수도 안 벌어질 수도 있다. 그것은 '달의 뒷면이 무엇인가'에 달려 있다. 바지가 치마에 현혹되는 시대다. 앞으로 달은 지구를 계속 돈다. 여자의 중심축도 돌고 있다.

07

마음보험, 마음계약, 마음거래, 마음의 시장원리

어제 우리 집안에 혁명적 사건이 있었다. 매년 아내의 큰언니 작은언니 동생과 함께 우리 집에 모여 김장을 한다. 김장을 하다 보면 허리 목 손목 등이 아프다. 자연스럽게 대화로 피로를 푼다. 고생하며 모은 재산을 '어떻게 어떤 방식으로 얼마나 자식에게 줘야 하느냐'에 대한 이야기가 이어졌다. 큰언니는 내 노후 생활까지 희생시키면서까지 물려줄 수는 없다 한다. 작은언니는 자식들이 힘들어하면 마음이 약해져 노후생활이 걱정이 되지만 자식들을 믿고 물려줄 수 있다 한다. 아내와 처제는 큰언니 의견에 동조한다.

김장 다음 날 인천에 사는 큰딸이 김장김치를 가지러 집에 왔다. 큰딸은 3년 전에 인천 신포시장 인근에서 20평 정도 되는 커피 파는 카페를 운영한 적이 있다. 이때 억대의 거금을 딸에게 반환을 조건으로 지원해 줬다. 거기다 엎친 데 덮친 격으로 주식투자를 잘못하여 1억 정도의 거금을 잃었다. 월급 노동자에 외벌이인 나는 경제적으로 큰 타격을 입었다. 생활도 많이 쪼들린다. 힘들다. 여행도 가지 못한다. 유일한 취미가 MTB자전거 타기인데 자전거가 고장이 났다. 고가인 관계로 다시 구입하기가 망설여진다. 그러나 연구원 생활하는 딸은 소득이 그런대로 괜찮음에도 딸은 지원한 돈을 반환할 생각을 하지 않는다. 그렇다고 나에게 용돈을 주는 것도 아니다. 딸이 노후에 나를 잘 케어해줄까? 하는 의심과 서운한 마음이 들면서 신뢰감이 없어진다. 김장김치를 가지고 떠나는 딸의 뒷모습을 보고 노후생활을 어떻게 할 것인가에 대해 고민이 깊어졌다.

나는 베이비붐 세대다. '부모를 섬긴 마지막 세대이자 자식에게 버림받는 첫 세대'라고 흔히들 말한다. 나는 10년 된 31평 아파트와 500평 밭과 카페를 하면 좋을 듯한 목 좋은 200평의 땅이 있다. 딸 결혼 자금과 아들이 취업해 나가면 살 집 전세 자금을 지원해주려고 가지고 있는 현금이 있다. 암 진단 시 지원받는 보험도 가입해놨다. 여행 한번 제대로 가지 못하고 아끼고 아껴 월급으로 이루어놓은 재산이다. 나는 지금의 초등학교 때 유교의 덕목인 '삼강오륜'을 금과옥조처럼 배웠다. 어머니의 말을 늘 반대로만 하다 마지막에 후회하는 '청개구리의 슬픔'이라는 책을 읽으며 자연스럽게 효도를 배웠다. '의좋은 형제' 동화를 통해 형제의 우애를 익혔다. 이 이야기는 내 뇌리에 철저하게 인식되어 있다. 사회시험에 단골로 나왔다.

언론에 심심치 않게 보도되고 있다. 자식과 부모의 법정 다툼 이야기다. 어느 날 아들이 사업이 어렵다며 아버님 잘 모실 테니 미리 땅 증여를 해달라고 했다. 전 재산인 땅과 노후자금으로 저축해놓았던 자금을 주었다. 아들 부부는 명절날 오지도 않고 몸이 아파 병원에 입원해도 시큰둥한 반응을 보인다. 같이 살자는 약속은 핑계를 대며 차일피일 미룬다. 정년퇴임 후 생활비를 달라고 요구했지만 형편이 어렵다고 주지 않는다. 화가 난 부모가 증여재산 반환청구 소송을 한 내용이다. 이제 '삼강오륜' 특히 '효'의 유효기간이 끝나가는 것 같다. '효'는 당연히 지켜야 할 인륜이라는 믿음이 뿌리째 흔들리고 있다. 그것은 마음의 시대, 마음으로의 신뢰 시대는 끝나 간다는 것을 말한다. 돈으로 온통 마음이 쏠려 있는 시대다. 사람의 기본 도리와 의무가 재탄생되고 있는 것이다. 마음이 돈이라는 시장 원리에 의해 거래되는 시대다. 유산이라는 부모의 돈의 공급과 이를 받아들이는 자식의 수요라는 시장원리에 따라 자식의 마음이 정해지는 시대다.

은퇴 1년 남았다. 인생 2막 출발 정지작업을 할 목적으로 딸과 아들을 불러놓았다. 땅 두 필지 처분에 관한 것을 결정짓기 위해서다. 재산상속을 일찌감치 하고 내려놓는 삶을 시작하기 위함이다. "너희들에 대해 믿고 못 믿고의 문제가 아니다. 사람의 마음은 내 것이 아니다. 마음은 내 힘과 의지에 관계없이 환경과 주변 조건에 의해 변한다. 이제 너희들에게 재산상속을 하려 한다. 단 '효도 계약'을 맺고 상속하겠다." 이제는 마음도 거래하는 시대다. 부모와 자식이 서로 갑과 을이 돼 증여하고 그 대가로 효도를 담보하려 한다. 서운하게 생각하지 마라. 너희들과 나와 마음의 계약을 하자. 마음의 약정을 하자. 나는 마음의 보험이고 너희들은 마음의 계약이다. 돈으로만 보험을 드는 것이 아니다. 마음도 보험을 들어야 하는 시대다.

아니나 다를까. "우리들을 못 믿느냐" 하면서 딸과 아들이 난리를 피운다. 용의주도하게 계약서를 작성했다. "추석과 설날 포함하여 1년에 14번 이상 집에 방문할 것, 80세가 되면 매월 50만 원 이상 보낼 것, 우리 집 가훈인 'Balance(균형)' 지킬 것, 제사 지낼 것, 족보 간직할 것, 병원 진료 시 진료비 지불 이행할 것 그리고 계약 내용을 지키지 않을 경우 재산을 반환한다" 하는 내용이다. 효도라는 추상적 마음도 법과 계약이라는 현실 영역으로 진입한 시대다. 지금은 "마음보험 마음계약" 시대다. 가족과 가족 간 관계도 보험 관계 시대다. 삼강오륜의 고정관념에 얽매이지 마라. 그것은 종속이고 속박을 하는 현혹의 장치다. 종속과 속박은 현혹당한다는 것이다. 마음도 수요와 공급의 시장원리에 거래되는 시대다.

08

사람과 제비의 진화

나는 사각형 아궁이가 있고 연기가 솔솔 나는 굴뚝이 있는 시골 초가집 출신이다. 어머니가 부지깽이로 나뭇가지와 볏짚 등의 땔감을 사각형 아궁이에 쑤셔 넣어야 겨울을 나는 집이다. 집 뒤 굴뚝에 가보면 어두컴컴한 곳에 거미줄이 쳐져 있고 작은 벌레가 걸려 있었다. 거미는 천연덕스럽게 그 벌레를 거미줄로 질식사시킨다. 우리 집 어두운 곳의 주인은 거미였다. 봄이 되면 처마 밑에 제비집이 어김없이 만들어진다. 지금 생각하면 그냥 둘 것을, 제비가 떠나면 제비집을 허물어버리는 폭거를 거듭한 기억이 난다. 마루에 똥을 싸기 때문이다. 제비는 다음 해에 신통방통하게 또다시 찾아와 허물어진 자기 집터에 또 집을 짓는다.

초가집 굴뚝 옆 어두운 곳을 좋아하던 거미가 이제는 도시의 가로등에서 거미줄을 치고 먹이를 잡아먹고 있다. 매가 둥지를 박차고 나와 공중에서 천천히 선회한다. 둥지에는 아직 솜털을 벗지 못한 새끼 두 마리가 어미가 가져다줄 먹이를 기다리고 있다. 어느 산골에 있는 절벽의 풍경이 아니다. 도시의 100m 높이 다리 기둥의 모습이다.

얼마 전 아주 흥미로운 신문기사를 읽었다. 도시가 거미·매·제비·생쥐 등의 동물들이 새로운 진화의 근거지가 되고 있다는 내용이다. 거미는 대부분 곤충과 마찬가지로 빛을 싫어한다. 천적의 눈에 띄기를 싫어하기 때문이다. 하지만 이제 더 이상 가로등을 피하지 않는다. 도시에서는 가로등에 거미의 먹잇감인 곤충들이 많이 몰려들기 때문이다. 과거 야생동물을 떠나게 했던 도시의 혹독한 환경이 새로운 생물의 특성을 단기간에 진화시키고 있는 것이다. 이 이야기가 흥미로운 이유는 사람도 거미와 같이 변할까? 변했다면 어떻게 변했을까? 하는 생각 때문이다.

삼색제비는 원래 절벽에 흙으로 둥지를 짓고 사는데 최근 도시의 교량 밑을 서식지로 삼고 있다. 그런데 둥지를 나오면 바로 도로여서 자동차에 치여 죽는 제비도 많았다. 그러나 미국 털사 대학교 연구진에 따르면 제비가 달려드는 자동차를 피하기 위해 급회전이 가능한 짧은 날개로 진화되었다고 한다. 도시에 사는 생쥐는 인간이 버린 음식물을 먹으려 식중독을 이겨내는 유전자까지 생겼다고 한다. 새로운 환경인 도시에 적응하기 위해 진화가 되고 있는 것이다. 개가 손을 핥으면 부드럽다. 그러나 고양이가 손을 핥으면 따갑다. 고양이 혀에 작은 돌기들이 나 있기 때문이다. 거기에다 털을 핥는 방향과 반대방향으로 나 있다. 이 돌기는 빗 역할, 그루밍 역할, 사냥한 고기의 뼈와 살을 분리할 때 도움이 된다. 새로운 환경에 의해 진화된 생존 무기다.

S전자회사 이사, G은행 지점장, ○○공단 지사장, 자동차 연구소 실장, 도청 국장. 내 고향 친구들의 은퇴 전 직업이다. 착한 행동, 착한 생각, 착한 말을 하며 살았다. 이 중 대부분 초등학교 6년 개근상을 받았다. 바른생활 책을 읽으며 공부했다. 국민교육헌장-우리는 민족중흥의 역사적 사명을 띠고 이 땅에 태어났다. 조상의 빛난 얼을 오늘에 되살려 안으로 자주독립의 자세를 확립하고… 1968. 12. 5.을 열심히 외웠다. 삼강오륜을 배웠다. 이들은 지금 각각 방앗간 주인, 치킨집 사장, 식용개구리 수입업자, 술집에 안주와 수건을 대는 업자로 일하고 있다.

"크리스마스에 많은 것을 바라지 않아요. 눈이 올 것을 기대하지도 않죠. 나는 그저 겨우살이 아래서 기다릴 뿐이에요." 머라이어 캐리가 1994년에 부른 '내가 크리스마스에 원하는 것은 당신이 전부'라는 노래 가사다. 미국이나 유럽에서는 겨우살이로 만든 크리스마스 화환 아래서 키스하는 전통이 있다. 마녀와 악마의 위협으로부터 보호받을 수 있다는 풍습 때문이다. 겨우살이(겨울+살이)는 혼자서 살 수 없는 식물이고 다른 나무의 양분을 빨아먹고 사는 기생식물인데 말이다. 여름에는 겨우살이가 잎에 가려 잘 보이지 않는다. 하지만 자신이 얹혀 사는 기주목(寄主木, 기생 생물에게 장소와 양분을 제공해주는 나무)의 잎이 다 떨어진 겨울에는 본인만 달랑 남아 정체를 들

켜버린다. 겨우살이는 기생식물 중에서도 양심 있는 기생식물
이다. 광합성이 가능한 푸른 잎으로 양분을 본인 스스로 자체
생산한다. 그러나 생명을 유지하는 데 부족하여 기주목에 의존
하여 일부의 영양분만 빨아먹으며 생명을 유지하기 때문이다.
약간의 신세만 진다. 겨우살이 열매는 달짝지근하다. 끈적끈적
한 과육으로 채워져 있는데 이 맛을 좋아하는 새들이 열매를
먹고 배설하면 끈끈한 성분으로 나뭇가지에 달라붙어 다시 기
생한다. 달콤한 겨우살이 열매 맛이 나무와는 악연이 되는 셈
이다. 그러나 새와는 좋은 인연의 공생관계다.

  S전자회사 이사 박○○는 거미가 되었다. G은행 지점장 김
○○는 매가 되었다. ○○공단 지사장 윤○○는 제비가 되었
다. 자동차 연구소 실장 정○○과 도청 국장 박○○는 생쥐가
되었다. 빵빵한 S전자회사, G은행, ○○공단, 자동차 연구소,
공무원 국장 친구들은, 적성, 재질, 특성, 하고 싶은 것, 잘하는
것, 재미있는 것을 따지지 못하며 살았다. 못했다. 그럴 겨를이
없었다. 그냥 취직해서 먹고살았다. 검정 고무신을 운동화로
바꿔 신기 위해서다. 결국 운동화로 바꿔 신었다.

  살다 보니 생존의 무기인 고양이 혀가 그냥 생겼다. 나는 '따
지는 것'과 '그냥' 중 그냥에 현혹되어 인생을 살았다. 그래도
거미·매·제비·생쥐가 되어 잘살고 있다. 그리고 고양이의
혀를 얻었다. 세상에의 적응인가? 그냥 어쩔 수 없이 사는 삶인
가? 기생식물 겨우살이 인생인가?

제4장

생각해 보니 현혹

**식물의 세계, 유행, 별 다방, 동조, 문화,
화장 비법, 가식, 진실**

싸우는 식물, 싸우는 사람, 소는 위가 4개!

지금까지 현혹사회를 읽었다. 현혹사회는 '뺏기거나 뺏거나', '속거나 속이거나' 하는 현혹사회에서 '생존과 자립'에 관한 것이다. 생존과 자립에는 수만 가지의 방법이 있을 것이다. 사람마다 다를 것이다. 이 때문에 지금쯤은 일본 작가인 '이나가키 히데히로'가 지은 "싸우는 식물"이라는 책을 소개해야 할 시점인 것 같다. 왜냐하면 싸우는 식물이야기가 현혹사회에 대한 질문과 해답의 실마리를 시사하고 있기 때문이다.

『싸우는 식물』 책 내용은, 속이고 현혹하고 현혹당하고 이용하고 경쟁하며 생존하는 식물들의 싸움 이야기다. 식물 세계는 다툼이 없는 평화로운 세계일까? 전혀 그렇지 않다. 자연계는 약육강식, 적자생존의 세계다. 식물의 세계도 예외가 아니다. 동물은 생존에서 살아남으려고 서로 싸우며 다른 생물을 잡아 먹거나 식물을 뜯어 먹고 산다. 식물도 마찬가지다. 식물은 햇빛과 수분과 토양 등의 자원을 둘러싸고 치열한 싸움을 벌인다.

식물이 위를 향해 자라는 것도, 잎을 우거지도록 하는 것도 조금이라도 다른 식물보다 유리한 위치에서 햇빛을 받기 위함이다. 만약 이 경쟁에서 지면 광합성을 제대로 할 수 없다. 그래서 조금이라도 더 높이 올라가려고 기를 쓰며 위를 향해 자란다. 숲속에 들어가면 마치 지붕이 덮인 것처럼 윗부분에만 서로 엉키며 고만고만한 잎이 모여 있다. 식물들은 어느 누구도 특출나게 크게 자라지 못하게 서로 견제와 경쟁을 하기 때문이다. 그 와중에 치열한 경쟁에서 탈락하여 아래쪽에 있게 된 잎은 햇빛을 받지 못해 제구실을 하지 못해 떨어져버린다. 이렇게 식물은 햇빛을 둘러싸고 공간 쟁탈전을 벌인다.

식물 경쟁은 속도에서 승부가 난다. 남보다 빨리 자라 하늘의 공간을 먼저 차지해야 햇빛을 받을 수 있고 독점할 수 있기 때문이다. 그러기 위해 나팔꽃 같은 덩굴식물은 튼튼하지는 않지만 가늘고 길게 자란다. 다른 식물을 감고 버티고 자기보다 튼튼한 큰 식물을 이용하면 가늘어도 문제가 없다. 몸이 날렵하여 경쟁 식물보다 더 먼저 재빠르게 위로 올라가 공간을 점유하여 햇빛을 마음껏 받을 수 있다. 그만큼 절약한 성장 에너지를 키 키우는 데 사용할 수 있다. 굳이 굵을 필요가 없이 상대 식물을 발판으로 삼아 생존한다.

만약 이렇게 하지 않으면 그늘에서 살 수밖에 없는 패자가 되어버린다. 위로 뻗어가지 않고 나무 위에서 지상을 향해 뿌리를 내리는 역발상 식물도 있다. 새의 배설물에 의해 나뭇가지에 정착한 '교살 식물'이라고 하는데 대표적으로 '가지마루'

가 있다. 가지마루 종자가 나뭇가지에서 싹을 틔우고 아래로 쑥쑥 자라 땅에 뿌리를 내린다. 일단 뿌리를 내리게 되면 왕성하게 자라 신세를 진 나무를 칭칭 감아 햇빛을 보지 못하게 하여 교살시킨다. 역발상 생존이다.

남에게 의지하면서 고생하지 않고 크는 식물이 있다. 세상에서 가장 큰 식물이다. '라플레시아'라는 꽃이다. 포도과 식물의 뿌리에 기생하여 영양분을 빨아 먹고 꽃을 피운다. 세상에서 가장 큰 꽃이 자기 힘으로 살아가지 않고 기생한다. 세상의 부조리가 느껴진다. 꼭 욕심 많은 기득권자들 같다.

식물은 인간 세계의 경쟁과 같이 땅속에서 격렬하게 싸움을 벌인다. 서로 땅속으로 뿌리를 뻗으며 한정된 땅과 물과 영양분을 빼앗으려고 경쟁한다. 평화로워 보이는 식물도 이렇게 치열한 싸움 속에서 살아간다. 이것이 자연계의 진실이다. 식물은 뿌리를 뻗으면서 화학물질을 방출하며 이것을 무기로 보이지 않는 화학 전쟁을 펼친다. 주변의 식물에 피해를 주거나 다른 식물의 발아를 방해하거나 성장을 못 하게 한다. 이것을 '타감작용', '알렐로파시' 또는 '간섭작용'이라 한다. 따라서 호두나무나 소나무 아래에는 덤불이나 다른 나무가 나지 못한다. 기득권을 지키려는 욕심 많은 인간들과 똑같다.

독성이 너무 강하여 '자가 중독'되는 '양미역취'라는 식물이 있다. 강변이나 공터에서 다른 식물을 다 물리치고 자신만 성장해 자란다. 그런데 더 이상 물리칠 적이 없어 적을 물리치고 남은 독성이 자가 중독되어 자기 성장을 막는다. 과유불급(過

猶不及)이 필요한 식물이다. 인간세계도 마찬가지다.

경쟁 사회에서 살아남으려면 상당한 경쟁력을 갖추어야 한다. 자연계는 단판 승부 게임이다. 식물에도 이러한 치열한 경쟁에서 이기기 위한 싸움 기술이 있다. 식물의 성공전략은 세 가지로 분류한다. CSR전략이라 한다. C전략은 강자전략으로 경쟁형이다. 약육강식 개념으로 남보다 강함을 보유하여 이기는 전략이다. 약한 식물이 강한 식물을 이기는 방법이 있다. S와 R전략이다. S전략은 경쟁이 강한 식물이 싫어하는 가혹한 환경, 즉 물이나 햇빛이 부족하거나 온도가 낮은 곳에 거처를 삼아 강자를 피하는 방법이다. 선인장과 빙설에 사는 고산식물이 대표적이다. 선인장은 가시를 많게 하고 표면을 적게 하여 코팅시켜 수분증발을 최소화한다. 생존무기가 가시다.

R전략은 환경의 변화에 강하고 예측할 수 없는 환경에서 임기응변으로 대처하는 방법이다. 잡초가 이 전략을 쓴다. 선인장과 잡초는 약한 식물이다. 경쟁력이 없어서 경쟁을 피하는 것이 아니라 강한 식물이 견디기 힘들고 싫어하는 환경을 상대로 싸워서 이기는 것이다. 현혹당하는 사람에게 좋은 교훈이다.

식물의 성장에는 눈에 보이는 성장과 눈에 보이지 않는 성장이 있다.

눈에 보이지 않는 성장이란 땅속에서 뿌리가 성장하는 것을 말한다. 선인장이나 잡초는 물이 부족할수록 뿌리가 더 성장한다. 물을 찾으려면 사방팔방으로 뿌리를 뻗어야 하기 때문이다. 식물을 수경재배하면 뿌리가 잘 자라지 않는다. 물을 쉽게 흡

수할 수 있어 굳이 뿌리를 뻗지 않아도 되기 때문이다. 이처럼 건조한 날씨에는 무리하게 가지와 잎을 성장시키지 않고 깊이 뿌리를 내려 가물 때 힘을 발휘한다. 굉장히 치밀하고 전략적이다.

물이 없으면 오히려 성공하는 식물이 있다. '택사'가 그렇다. 택사는 물이 풍부한 논에서 자란다. 그런데 벼의 성장을 조절하려고 중간에 논의 물을 뺀다. 그러면 택사는 땅속의 '덩이줄기(저장구실을 하는 땅속줄기)'를 튼튼하게 하여 생명을 유지한다. 논물을 빼는 악조건이 오히려 성공으로 이어진다. 감자와 고구마가 이런 원리다. 살아가는 방법이 참 가지가지다.

식물은 병원체의 공격에 대응하는 고도로 발달해 있는 방어체계를 갖고 있어 거의 완벽하게 병원균을 막을 수 있다. 잎 표면을 왁스로 코팅해 병원균이 좋아하는 물기를 없애 침입의 근거지 확보를 막는다. 또한 잎 뒷면에 호흡하는 데 쓰이는 기공이라는 환기구가 있다. 남한산성으로 말하면 성문에 해당된다. 기공이 침입 통로인데 입구에 감지장치가 되어 있다. 병원균이 침입하면 감지장치가 작동되어 기공이 닫힌다.

산소는 광합성의 폐기물이다. 이 폐기물이 식물과 병원균과의 싸움에 관여를 한다. 36억 년 전 지구에 산소는 거의 없었고 이산화탄소가 대기의 주성분이었다. 이때 식물의 조상인 식물 플랑크톤이 광합성 방법을 장착하고 등장했다. 광합성을 통해 이산화탄소와 물을 재료로 에너지원이 되는 당을 만들어낸다. 이 에너지 덕분에 지구는 식물 숲이 되었다. 지구는 이 무수한 식물이 산소를 내뿜어 산소 농도가 높아져 지금의 지구가 되었다. 그러나 산소는 알고 보면 모든 것을 녹슬게 하는 독성 물질이다. 산소가 금속과 접촉하면 녹이 되고, 사람의 생명체와 접촉하면 활성산소가 발생한다. 식물 탓에 대기 중에 산소 농도가 높아진 것은 환경오염이기도 하다. 그런데 식물은 활성 산소를 무기로 사용하여 침입한 병원균을 공격한다.

병원균과 싸우고자 식물은 일석이조 일석삼조의 다기능의 항균물질과 항산화 물질을 만들어낸다. 안토시아닌은 활성산소 제거, 항균 활성, 삼투압 높이고, 저온 동결방지 기능을 한다. 또한 자주색 색소로서 변하여 꽃가루를 옮기는 곤충을 유인하고, 과일을 물들여 종자를 옮기는 새를 유인한다.

독과 공존하는 가라지라는 식물이 있다. '독보리'를 말한다. 동물에게 먹히지 않기 위해서다. 독보리는 스스로 독을 생산하지 않는다. 스스로 생산하면 생산비가 많이 들기 때문이다. 따라서 독성분을 만드는 '네오타이포듐'균에게 자기 몸속에 거처를 마련해주고 독성분을 생산하도록 한다. 생존의 공생관계다.

식물의 성장에 필요한 3요소는 질소, 인산, 칼륨이다. 식물 뿌리 자체로는 인산을 직접 빨아들일 수 없다. 인산은 흙 속에서 철분이나 알루미늄과 결합해 있기 때문이다. 또한 수분도 제대로 빨아들이지 못한다. 그래서 수지상 균근균(균사)의 도움을 받아 인산과 수분을 효율적으로 흡수한다. 생존의 기본적 기능을 위해 균의 도움을 받는다. 적과의 생존 동침이다.

식물은 환경이라는 보이지 않는 적과도 싸운다. 경쟁자인 다른 식물과 병원균과 곤충과 동물이라는 강력한 적과 수없이 싸우며 생존한다. '먹고 먹히는 관계'에서 식물이 살아가는 법을 보면 기가 막힌다. 동물과 식물과의 관계는 '먹느냐 먹히느냐'가 아니라 항상 동물이 먹고 식물이 먹히는 '먹고 먹히는' 관계였다. 식물은 동물과의 싸움에서 일방적으로 먹히는 존재였다. 그러면 식물은 어떻게 포유류의 위협으로부터 자신을 지켜냈을까? 유효한 대항 수단 중 하나가 독성분을 준비하는 것이었다.

식물에서 막강한 적인 해충을 물리치는 유일한 수단은 독살이다. 해충인 '박각시나방'은 잎사귀를 닥치는 대로 갉아먹는다. 병원균과는 다른 커다란 괴수다. 인간의 역사를 거슬러 올라가보면, 정면충돌해서는 도저히 이길 수 없는 적을 물리칠 수단이 하나 있었다. 독살이다. 식물도 마찬가지다. 박각시나방 같은 막강한 해충으로부터 독성물질로 방어한다. 사람에게는 대부분 약하거나 해가 없다. 허브 향, 니코틴, 채소의 알싸한 맛, 매운맛, 쓴맛, 고추냉이와 양파의 매운맛 등이 식물의 독성물질이며 화학 무기다.

독을 역이용하여 생존하는 교활한 생물이 있다. 쥐방울덩굴이라는 독초가 있다. 사향제비나비 유충은 이 독초를 먹고 독성분을 자기 몸에 축적하여 포식자인 새가 먹지 못하게 하여 자기 자신을 지킨다. 사향제비나비 유충은 스스로 독성분을 만들지 못하기 때문에 쥐방울덩굴 독을 가로채는 것이다.

파충류는 독성 물질에 둔감하다. 그러나 신기하게도 인간 같은 포유동물은 독을 감지하는 능력을 습득했다. 그 감지가 인간의 미각이다. 미각은 음식을 맛보려고 발달한 것이 아니다. 영양가 높고 안전한 것은 달콤하다고 인식하고, 독성이 있고 해로운 것은 '쓴맛'으로 인식하고 거절하여 위험으로부터 생명을 지키고자 그렇게 발달한 것이다. 달콤함과 쓴맛은 하나의 신호체계인 것이다. 인간 세계도 마찬가지일 것이다. 현혹당하는 파충류에 속하지 않는가? 현혹당한다는 것은 달콤함과 쓴맛의 구별을 잘 못한다는 것이다. 공룡은 그래서 멸종했다. 자기 독을 만들 수 있어야 한다. 경쟁사회에서 각자 자기의 독이 있어야 한다. 달콤함과 쓴맛 구별을 잘할 수 있어야 한다.

식물이 자기를 지키는 물리적인 대표적 방어 무기가 있다. 가시다. 그런데 호랑가시나무 잎의 경우 젊을 때만 잎에 가시가 나고 노목이 되면 가시가 없어지고 잎이 둥글어진다. 이유가 있다. 키가 작은 젊은 나무일 때는 가시로 잎을 보호하지만 나무가 커지면 동물에게 뜯어 먹힐 걱정이 없어진다. 그러면 불필요한 가시를 없애고 햇빛을 많이 받을 수 있게 하여 광합성을 활발하게 한다. 머리가 좋다. 합리적 생존 방식이다.

식물은 자신을 지키려고 화학물질이나 가시와 같은 수단 중하나를 선택하는 일이 많다. 그런데 쐐기풀의 경우 이 두 가지를 겸비하여 튼튼한 방어진지를 구축한다. 식물 세계에서 최고 수준의 방어체계를 갖춘 셈이다. 인간 세계에서의 최고 방어 무기가 무엇인지 궁금하다.

식물이 포유동물에게 먹힐 위험에 항상 노출된 곳이 초원이다. 탁 트여 식물이 숨을 곳이 없다. 더군다나 양도 한정되어 있어 초식동물은 서로 먹으려고 경쟁한다. 이런 초원에서 식물은 어떻게 자신을 지킬까? 가장 자신을 지키는 쪽으로 발달한 것이 쌀, 밀, 옥수수 등의 볏과 식물이다. 볏과 식물은 잎을 먹기 어렵게 하고자 규소로 잎을 거칠고 뻣뻣하게 하고 영양분을 적게 했다. 이렇게 잎을 먹지 못하게 하여 자신을 지킨다. 이러한 볏과 식물의 진화로 인해 초식동물의 대부분이 멸종됐다고 한다. 그러나 볏과 식물 같은 뻣뻣한 잎을 먹으며 살아남은 동물이 있다. 소와 말 같은 초식동물이다. 소는 그래서 위가 4개다. 이 4개로 뻣뻣한 잎을 소화시킨다. 첫 번째 위는 풀을 저장하여 발효시킨다. 두 번째 위는 음식을 식도로 되돌려 되새김질하는 데 사용한다. 세 번째 위는 음식의 양을 조절하고, 네 번째 위는 위액을 분비해 음식을 소화시킨다. 신기하다. 노력하면 생존력이 생긴다. 신비로운 자연 세계. 위가 4개인 인간이 필요한 세상이다.

자신의 '먹힘'을 통해 강자를 이용하는 식물이 있다. 씨가 밖으로 드러나는 겉씨식물과 씨방 속에 있는 속씨식물이다. 겉씨식물은 바람을 이용하여 꽃가루를 이동하여 수정한다. 과일은 익으면 쓴맛을 제거하고 달콤해진다. 이렇게 맛있게 한 후에 색을 녹색에서 빨간색으로 바꿔 신호를 보낸다. "나를 먹어주세요. 녹색은 먹지 말고, 빨간색은 먹어라"라는 신호다. 동물과 새는 달콤한 열매를 먹은 후 소화가 되지 않는 씨를 이동시킨다. 이렇게 과일은 생존한다.

반기를 들고 인간에게 싸움을 걸어온 식물이 있다. 바로 '잡초'다. 미국 잡초학회는 '인류의 활동과 행복·번영을 거스르거나 방해하는 모든 식물'이라고 정의한다. 주위 물체와 비슷하게 변화시켜 몸을 숨기는 것을 의태라고 한다. 논에서 벼와 똑같이 변해 사람의 눈을 속여 생존하는 잡초가 있다. 강피다. 생존 기술이 좋다. 잡초는 인간이 사는 곳에서만 살 수 있는 식물이다. 끈질기고 강하다는 것을 표현할 때 '잡초처럼 강하다'라고 한다. 하지만 식물학에서는 '약한 식물'로 취급한다. 식물은 햇빛과 물을 서로 치열하게 뺏으며 생존해 나가는데 잡초는 이러한 경쟁에 약하다. 따라서 사람이 자주 발을 들여놓지 않는 깊은 숲속에서는 잡초를 볼 수가 없다. 그래서 잡초는 생존을 위해 다른 식물이 자라기 어려운 곳을 택해 서식한다. 그곳이 바로 잘 밟히는 길가나 자라는 즉시 뽑아주는 논과 밭과 정원 등 사람의 생활공간이다. 인간이 다른 식물을 자라지 못하게 제거해주기 때문이다.

잡초는 뽑으면 오히려 증가한다. 밭에서 잡초를 완전히 뽑아내고 일주일 후에 가보면 잡초가 어느새 무성하다. 잡초는 뽑지 않으면 없어지고 뽑으면 생존한다. 왜 뽑고 뽑아도 다시 생기는 것일까? 잡초 씨는 햇빛을 받으면 발아가 시작되는 성질이 있다. 평소에 무수한 씨를 땅에 숨겨놓는다. 인간이 잡초를 뽑고 땅을 헤집어놓으면 쏟아져 들어오는 햇빛을 보고 잡초 씨는 이때다 하고 일제히 싹을 틔우기 시작한다. 인간이 잡초를 뽑으면 발아가 유도되는 것이다. 이렇게 잡초는 인간에게 기대어 산다. 잡초에게 인간은 적이 아니다. 어쩌면 기생하고 인간을 이용하여 생존을 한다. 잡초에게 인간은 없어서는 안 될 존재다.

식물도 살아남기 위해 하늘에서 땅속에서 치열하게 경쟁에서 이기기 위해 싸운다. 햇빛과 땅과 물과 영양분을 빼앗기 위해서다. 매우 전략적이다. 역발상도 한다. 자기 방어와 공격무기도 만든다. 교묘하다. 빨간 색깔로 유인하여 생존한다. 살기 위해 적과의 동침을 하고 이용한다. 최고 수준의 방어체계를 갖춘다. 자신을 희생하여 역으로 살아남는다. 변장하여 인간의 눈을 속이고 살아남는다. 인간 세계도 마찬가지다.

식물도 경쟁의 틈 속에서 현혹하고 현혹당한다. 생존을 위해 다른 식물에 간섭한다. 인간은 자기를 지키기 위해 달콤함과 씁쓸하다는 것을 만들었다. 그러나 인간 세계의 잡초들은 현혹 때문에 달콤함과 쓴맛의 구별에 난처함을 느낀다. 우리들은 난처한 대중 잡초들이다.

따라씨들의 대한민국

2017년 겨울 '평창 롱패딩' 열풍이 있었다. 열풍이 아니라 가히 광풍이었다. 2018년 평창 동계올림픽 후원사 가운데 하나인 롯데가 평창올림픽을 기념하여 한정판으로 판매 예정인 롱패딩 3만 장 중 먼저 2만 3천 장을 판매했다. 순식간에 매진되었다. 나머지 7,000장을 사기 위해 전국적으로 사재기 열풍이 몰아쳤다. 롱패딩이 인기를 끈 이유는 유명 연예인들의 홍보와 상대적으로 값이 쌌다. 평창올림픽 기념 롱패딩과 비슷한 기존의 제품이 40만 원을 호가하는데, 불과 14만 9천 원이었다. 또한 거위 털 충전재가 40~50만 원이 넘는 고가의 구스다운과 같은 비율인 거위 털 100% 가운데 솜털 80%, 깃털 20% 비율이었다. 그리고 3만 장이라는 한정판이었다는 것도 인기 비결 중 하나다. 2019년에도 또 한 차례 열풍이 불었다.

학생들이 아침 등교시간에 롱패딩을 입은 모습은 마치 펭귄이 떼를 지어 줄을 서서 걸어가는 모습이다. 김밥이 줄을 서서 걸어가는 모습이다. 온 세상이 줄을 서서 걸어가는 모습이다. '줄' 세상인 것 같았다. 대단한 유행 광풍이다. 유행이란 광풍은 '참견병'이라는 비아냥을 낳기도 했다. 온라인상에서 크게 인기를 얻고 있는 이 문구를 한번 보자. '롱패딩 입는 사람: 정상, 안 입는 사람: 정상, 입는다고 뭐라 하는 사람: 비정상, 안 입는다고 뭐라 하는 사람: 비정상.'

평소에 명품 옷이나 비싼 메이커 옷을 사달라고 조르지 않던 내 남동생 딸인 고등학생 조카도 예외는 아니었다. 조카는 고민이 있으면 자기 부모보다 나하고 먼저 상의하는 사이다. 퇴근 후 집에 있는데 조카에게 전화가 왔다. "아빠한테 롱패딩을 사달라고 했는데 사주지 않아요. 저를 사랑하지 않나 봐요. 큰아빠가 사주시면 안 돼요? 친한 친구들은 다 입었는데 같이 다니면 창피하기도 하고 친구들 사이에 끼지 못하는 것 같아 불안해요." "조카야, 돈도 돈이지만 못 사주는 아빠 마음도 있는 거 알지? 꼭 사야 하니?" 하고 물어봤다. "큰아빠 죄송해요, 우리 집 경제 사정도 있지만 아빠는 꽉 막혔어요. 유행이 뭔지 모르세요. 롱패딩은 추워서 입는 것이 아니에요. 추위 막는 옷은 다 있어요. 친구들한테 꿀리기 싫어서 입는 거예요."

조카의 간절한 마음이 측은하여 조카와 함께 롱패딩 파는 매장에 갔다. 조카 하는 말이, "브랜드, 스타일, 색채 배합(color scheme)이 잘 맞아야 다른 친구들 패딩보다 고급스럽게 보이고 구분되게 보여요. 조금 비싸도 그런 거 사주세요." 하면서 롱패딩을 고른다. 알았어, 사줄게 하고 허락을 했다. 단 조건을 걸었다. 사주지 않는 아빠에게 서운해하지 말고 사주지 않는 뜻을 깊이 생각해보고 그 결과를 말해달라는 것이었다. 나는 어차피 사주는 거 어깨 쭉 펼 수 있도록 두말없이 58만 원 주고 사줬다. 우리 집안에 펭귄 한 마리가 추가된 셈이 되었다.

사춘기 시절에는 누구나 한 번쯤 아이돌 스타에 미친다. 나 아닌 타인에게 미친다. 그 열병은 나이가 먹어도 되풀이된다. 단지 열광의 대상과 주체, 방법만 바뀔 뿐이다. 나이 먹은 내 친구들도 똑같은 행태를 보인다. 등산 가서 정상에서 있는 대로 폼 잡고 찍은 사진, 여행 가서 바닷가에서 찍은 사진, 중국 여행 가서 찍은 장가계 사진, 자기 손자 사진, 어느 책에서 보았는지 자기 딴에는 '성인의 말씀'이니까, 좋은 말이니까 따라야 한다고 수시로 문자를 보내거나 카톡에 올린다. 쉼 없이 '카톡~카톡~카톡…' 올린다. 그러고 나서 보지 않으면 관심 없다고 욕한다. 자기들 자랑을 인정해달라는 것이다.

자기들은 할 일 없어 등산과 여행을 가는데 나는 시간이 없어 못 간다. 약 올리는 것 같다. 사진 속 폼도 개폼인데 자기 딴에는 인정해달라고 하는 거다. 대머리에 촌스러운 등산바지 입고 농사지을 때 사용하는 큰 수건 목에 걸고 찍은 사진을 왜 보라 하는지 스트레스다. 손자는 저만 예쁘지 나도 이쁜가? 카톡 확인하고 반응 보이는 것도 고역이다. 성인의 말 속에 담긴 기준을 따르면 성인이 되고 훌륭한 사람이 되는가? 난 별 관심 없다. 성인의 말씀은 성인이 경험한 사건의 결과물일 뿐이다. 내 경험과는 상황이 다르다. 성인 기준을 따르는 것은 착각일 수 있다. 내 경험과 생각은 다른 것이다. 학생이고 어른이고 모두 자기를 봐달라고 한다. 다들 이런 세상에 빠져 있다. 자기가 누군지 모른다. 그러니 타인을 스트레스 쌓이게 한다.

롱패딩 구매동기의 키워드는 대략 이런 것 같다. 친구 따라 강남 가는 것, 따라 하기, 따라 하지 않으면 왕따 기분, 너도 샀니? 나도 샀다! 유행, 무분별하게 동조하는 쏠림, 펭귄 줄 서서 걸어가다, 김밥 줄 서서 걸어가다, 미쉐린 타이어 줄 서서 걸어가다, 한정판, 소셜 미디어 인증, 성취감, 불안감, 남들 다 하는 건데 왜 나만 못 껴, 나도 입었어, 하는 의기양양함, 여기저기 우르르 몰리는 것. 롱패딩 현상은 이 모든 것이 버무려진 결과라 할 수 있다. 한마디로 말하면 '따라민국'이다. 따라씨들의 대한민국이다.

가난한 시골집서 자란 나는 유일하게 고기 먹는 날이 제삿날이었다. 할아버지는 제삿날이 임박하면 장에 가서서 짚으로 엮은 굴비를 사 오신다. 제사가 끝나면 할아버지가 젓가락으로 발라주는 굴비를 참 맛있게 먹은 기억이 난다. 그런데 비 오는 날이면 언뜻 한없이 비 맞으며 걷고 싶을 때가 있다. 그런 날은 지푸라기에 엮인 굴비 중의 한 마리가 된 것 같은 생각이 든다. 누군가의 젓가락과 만나는 기분이 든다.

자기 개성이 외톨이 되는 시대다. 모난 돌이 정 맞는 시대다. 내 조카도 유행에 현혹되어 동조에 휩쓸렸다. 개성보다 편안함에 현혹되어 한 마리 펭귄이 되었다. 자기보다 타인으로부터 편안함을 찾는 펭귄이 되었다. 조카야, 한마디 하마. 너희 아빠가 안 사준 것은 너를 사랑하지 않아서 그런 것은 아니다. 너 한 명쯤은 그 유행에 동참하지 않으면 안 되니? 하고 질문한 거다. 그 뜻을 헤아렸으면 한다. 남들은 너에게 그렇게 깊은 관심이 없단다. 너 스스로 세운 기준이 아닌 학습된 기준으로 판단하지 않았으면 한다. 잘못하면 누군가의 젓가락 앞에 놓인 굴비가 될지 모른단다.

03

난초 사마귀가 따라주는 별다방 커피 맛있나요?

루소는 커피를 얼마나 좋아했는지 죽는 순간 "아, 이제는 커피 잔을 들 수 없구나"라고 했다 한다. 프랑스 사실주의 문학의 거장 발자크는 하루에 커피 50잔을 마시며 100여 편의 장·단편 소설을 썼다. 괴테는 하루에 커피를 20~30잔 마시며 『젊은 베르테르의 슬픔』 등 소설을 썼다. 슈베르트는 낡은 원두 그라인더를 '재산목록 1호'라고 자랑했다. 그의 가곡 <죽음과 소녀>는 커피를 분쇄하면서 향기를 감상하다 악상이 갑자기 떠올라 쓴 곡이라 한다. 커피에서 60은 베토벤 넘버라고 불린다. 오전에 작품 쓰기를 좋아한 그는 모닝커피용으로 손수 원두 60알을 골라낸 뒤 추출한 것에서 유래한 것이다. 요한 제바스티안 바흐는 커피 칸타타로 알려진 '칸타타 BWV 211'를 작곡했다. 커피에 대한 헌정곡이라고 알려져 있다. 커피는 예술의 현혹자다.

나는 외벌이 가장이다. 아내와 대학교 2학년 휴학하고 사회복무요원으로 군 생활을 하고 있는 아들과 함께 산다. 내 아내는 1년 전부터 기타를 배우고 있다. 매주 월·목요일 학원을 다닌다. 시장에 가서 할머니가 파는 상추 사면서 독하게 가격을 깎는 사람이다. 그런데 기타 연습이 끝나면 6,000원짜리 별다방 커피를 꼭 마신다. 자기 친구를 만날 때도 6,000원짜리 커피를 마신다. 아들은 주말에 독서실에서 공부한다. 기특한 줄 알았더니 더운 집을 피해 독서실로 가는 거다. 점심은 어떻게 해결하느냐고 물어보니 편의점에서 1,500원짜리 삼각 김밥이나 라면을 사 먹는다고 한다. 그리고 후식으로 독서실 옆에 있는 별다방에서 5,000원짜리 커피를 마신다고 한다.

프랜차이즈 커피점인 스타벅스는 은어로 '별다방'으로 불린다. 별다방 로고는 그리스신화에 나오는 세이렌(Siren)이라는 바다의 인어다. 세이렌은 아름답고 달콤한 노랫소리로 지나가는 배의 선원들을 유혹하여 죽게 하는 것으로 알려져 있다. 사람들을 홀려서 스타벅스에 자주 발걸음 하게 만들겠다는 뜻이라 한다. 마치 밀림 속의 난초 사마귀6)와 같다.

프랑스 정치가인 샤를 모리스 탈레랑은, "커피의 본능은 유혹이다. 진한 향기는 와인보다 달콤하고, 부드러운 것은 키스보다 황홀하다. 악마처럼 검고 지옥처럼 뜨거우며, 천사와 같

---

6) 의태(위장) 곤충으로 엷은 녹색과 붉은색이 감도는 흰색의 아름다운 난초와 같은 색깔로 위장하여 꽃에 앉아 있으면 꽃인 줄 알고 현혹되어 접근한 꿀벌을 잡아먹는 곤충임.

이 순수하고 사랑처럼 달콤하다"라고 했다. 루소·발자크·슈베르트·베토벤·바흐, 이분들은 왜 그렇게 커피를 많이 마셨을까? 아마도 달콤함, 황홀함, 뜨거움, 순수함에 현혹되었을 것이다. 아름다운 현혹이다. 그들에게 커피는 단지 음료가 아니라 그 이상의 무엇이었을 것이다. 그들은 커피에서 원두의 향미가 아닌 예술의 향미를 느꼈을 것이다.

아내가 커피 마셨다는 말을 들으면 무척 화가 난다. 친구하고는 6,000원짜리를 마시지만 남편인 나하고는 2,500원짜리 아메리카노 커피를 마시기 때문이다. 하상욱의 시가 생각난다.

> 초기 남친: "가고 있어."
> 장수 남친: "자고 있어."
> 초기 여친: 남친 때문에 화장
> 장수 여친: 남친 때문에 환장

얼마 전 아내의 커피 마시는 것 때문에 부부싸움을 크게 했다. 다 아시겠지만 부부싸움에는 별 치사한 이야기가 다 나온다. 부부싸움 상황을 정리해보면 대략 이렇다. 맛과 멋을 제대로 알고나 마시니? 돈이 아깝지 않니? 흠, 아깝다는 자체를 모르지. 바보 아니니? 멍청하게 세이렌 입에 돈을 갖다 바치는구나? 미국이 그렇게 좋니? 카우보이모자 쓴 석양의 무법자 품에 그렇게 안기고 싶니? 커피 마시는 폼을 잡으려면 제대로 잡아라! 커피 마시며 괴테 소설을 한 번이라도 읽어봤니?

내 아내는, 별다방은 6,000원, 남편은 2,500원으로 "구별 짓기" 한다. 차액 3,500원은 뭐야, 젠장. "카우보이모자 쓴 석양의 무법자에 현혹되어 품에 안기는 값이겠지." "장수 여친: 남친 때문에 환장"한다는 거겠지. 아들놈도 마찬가지다. 점심값보다 네 배나 비싼 커피를 마시면서도 아깝다고 생각을 하지 않는다. 무슨 맛인지 알기나 하는지, 원! "세이렌 인어 고기"의 파란 비늘에 홀딱 홀린 맛이겠지.

내 아내와 아들은 난초 사마귀가 별다방 마담인 줄 모른다. '세이렌'이 안내하고 난초 사마귀가 따라주는 커피인 줄 모르고 마신다. 난초 사마귀에 현혹된 타인의 맛을 마시고 있다. 그러면 2,500원짜리인 나는 무슨 맛으로 커피를 마시지? 생각해 보았다. 기름진 음식 먹고 출입문에 있는 커피 기계에서 종이컵으로 뽑아 마시는 맛, 달착지근한 음식 먹고 마시는 맛, 업무하다 머리 아프면 사무실 건물 밖에서 한쪽 손을 주머니에 넣고 마시는 맛, 밥 먹고 습관적으로 마시는 맛, 직장 상사에게 욕 얻어먹고 마시는 맛이다.

나는 저녁을 먹으면 혼자 동네에 있는 공원에서 산책 겸 운동을 한다. 요사이 운동하는 재미에 푹 빠져 있다. 운동이 끝나면 공원 옆에 있는 카페에 가는 재미 때문이다. '숨'이라는 카페인데 40대 중반 정도의 머리 긴 여자분이 운영한다. 바리스타 자격증도 있다. 아메리카노 한 잔이 2,000원이다. 카페에 가면 사장이 "어떤 맛으로 해 드릴까요?"라고 먼저 물어본다. 그렇게 물어보는 것이 참 좋다. 뜬금없이 "막걸리 좋아하는데 막걸리 분위기가 나는 커피 없을까요?" 하고 농담하면, "하하. 네,

만들어볼게요" 한다. 이렇게 머리 긴 카페 사장은 내 입맛에 커피를 맞춰준다. 나는 그 마담을 통해 나만의 커피 맛이 생기기 시작했다. 직장에서도 가정에서도 제대로 쉬지 못한 '숨'이 쉬어진다. 내가 커피 마시러 가면 카페 사장은 바흐의 '칸타타 BWV 211'을 틀어준다. 이제 커피 향에서 바흐 음악이 춤을 추는 모습도 보인다. 명곡을 작곡할 기세다. 나는 2,000원으로 '바흐'와 친구가 된다, 바흐를 느낀다. 바흐를 느끼며 구별 짓기 하는 아내와 아들이 커피 사 먹을 돈을 벌러 내일도 밀림으로 가야지, 결심하고 집으로 돌아온다.

언젠가 아내도 2,000원짜리 커피 마시며 괴테의 책을 읽겠지. 언젠가 아내도 2,000원짜리 커피 마시며 바흐를 느끼겠지, 언젠가 아내도 자기만의 '커피 결정권'을 갖겠지.

04

1,000만 영화 우르르 후다닥 보기!

누가 가장 감동 있게 본 영화가 무엇인지 물어보면 지체 없이 나는 '뽕'이라고 대답한다. 대부분 웃는다. 야한 영화 저속한 영화라고 비웃는 듯한 표정이다. 젊은 층은 잘 모르는 영화다. 1986년 처음 개봉한 이 영화는 이두용 감독, 이대근, 이미숙, 이무정이 주연한 19금 영화다. 이후 조형기가 주연한 뽕 시리즈 영화로 유명하다. 1920년대 유명한 문학인인 나도향의 소설 <뽕>이 원작이다. 내용은 이렇다.

"1920년대 중반 가난에 찌든 일제 치하 시기, 산간벽지 용담골이란 마을에 천하의 노름꾼 남편을 둔 안협이란 절색의 부인이 있었다. 노름꾼 남편 때문에 생활이 빈곤한 그녀는 어쩔 수 없이 뭇 남자들에게 몸을 제공하고 곡식을 얻어 삶을 연명한다. 이러한 행동은 동네의 원성을 사지만 안협의 몸을 얻은 동네 남정네들 때문에 아무도 그녀를 내쫓지 못한다. 그녀가 유일하게 몸을 주지 않은 남자가 있었다. 뽕을 동업으로 치고 있는 안협의 집주인 할매 머슴인 삼돌이다. 삼돌이는 힘세고 욕심 많고 비열한 성격으로, 자기만 안협을 취하지 못했다는 사실에 안협을 협박하고 사정도 해보지만 그는 삼돌이에게는 결코 몸을 허락하지 않는다. 앙심을 품은 삼돌이는 집에 들른 안협의 남편 삼보에게 안협의 방종한 행실을 고자질하나 삼보에게 얻어맞기만 한다. 그리고 삼보는 안협이 준비해둔 돈을 들고 떠난다." 사실 삼보는 노름꾼 행세를 하며 전국을 떠도는 독립투사였다. 안협은 떠나는 남편의 뒷모습을 보며 안타까움에 눈물을 흘린다.

나는 10명 정도의 고등학교 동창 모임이 있다. 공식적으로는 분기별로 만나지만 필요에 따라 수시로 만난다. 만나면 영화 이야기가 종종 나온다. 각자 가장 감명 깊게 본 영화에 대해 말한다. 친구들은 1,000만 영화는 거의 다 봤다고 자랑하면서 역시 1,000만 영화라 감동을 받는다고 말한다. 너는 감동받은 영화가 어떤 것이니? 하고 친구들이 물어본다. 앞서 말했지만 나는 지체 없이 '뽕'이라 말한다. 친구들이 비웃는 듯한 투로 웃는다. 내가 감동했다는데 왜 웃지? 참!

올 추석은 가족이 다 모였다. 부모님이 안 계신 우리 집은 그래봐야 우리 부부, 아들딸, 자식이 없는 남동생 부부 6명이다. 추석 아침에 차례를 지내고 식사 도중 딸이 저녁에 '안시성' 영화 예매를 했으니 영화관에 가자고 한다. 가기 싫었으나 딸이 하는 말이, 일단 조인성이 나오고 남들이 다 보니 우리도 시대에 뒤떨어지지 않으려면 꼭 봐야 한다고 하여 가족과 함께 보러

나갔다. 식사 준비의 번거로움 때문에 영화관 안에 있는 패스트 푸드점 가게에서 햄버거를 사 먹고 관람하기로 했다. 햄버거를 먹은 우리 가족은 영화 관람을 마치고 집으로 돌아왔다.

영화 '안시성'이 개봉 5일째 100만, 6일째 200만, 8일째 300만에 이어 개봉 11일째 400만 관객을 돌파했다 한다. 흥행 모드에 돌입한 것 같다. 나도 딸의 강요에 의해 400만 명에 동참했다. 가만히 생각해보니 나는 1,000만 영화를 거의 다 본 것 같다. 본 이유는 내용과 관계없이 내가 좋아하는 배우가 나오는 경우와 내가 좋아하는 배우가 나오지 않더라도 남들이 다 보니 궁금하고 기대감이 생겼기 때문이다. 남들이 '우르르' 영화관에 몰려가니 나도 우르르 가서 봤다. 궁금한 기대감은 기대일 뿐이었다.

우리나라 영화 배급회사는 거의 복합상영관을 소유하고 있는 대기업이다. 천만 영화가 줄지어 출현하고 있다. 1,000만 영화는 그들 대기업의 작전일지 모른다. 취향이 영화에 맞춰진다. 그것은 강요된 취향이고 현혹된 취향이다. 그들이 관여하지 않는 영화는 쉽게 볼 수 없다.

영화는 햄버거일 뿐이다. 패스트푸드점에서 숨 가쁘게 음식을 먹고 자리를 비워주듯이 나는 영화를 그렇게 본 것 같다. 영화를 그렇게 후다닥 보았다. 1,000만 관객 돌파 관객 수를 보면, 2003년 '실미도' 58일, 이듬해 '태극기 휘날리며' 39일, 2009년 '해운대'는 33일이었다. 국민 너덧 명 가운데 한 명이 영화를 보려면 한두 달은 걸렸다는 뜻이다. 그런데 2012년 '도

둑들'에서 22일로 줄어들더니, 2014년 '명량'에서는 12일까지 단축됐다. 2016년 '부산행'과 지난해 '택시운전사'도 19일이었다. 이쯤 되면 관객이 극장을 찾아가는 게 아니라 보이지 않는 손이 개입한 극장이 관객을 쓸어 담은 것 같다. 좋은 현상 같지만 씁쓸한 맛이 더 크다. 1,000만 관객을 돌파하기까지 걸린 시간 때문이다. '신과 함께' 영화도 정확하게 15일 걸렸다. 2017년 12월 20일 개봉하고 2018년 1월 4일 0시에 1,000만 관객을 넘어섰다. 미국 영화인 '인터스텔라'도 빠른 속도로 1,000만을 돌파한 영화다. 그러나 정작 미국에서는 흥행에 실패했다고 한다. 미국은 실패인데 한국은 왜 성공일까?

문화도 상품이지만 그래도 다른 매력이 있다. 바쁜 일상에서 잠시 숨을 돌리고 우리의 삶을 유유자적하는 기회를 준다는 점이다. 우르르 영화 보고 후다닥 영화 보면 '유유자적'을 바로 잊어먹는다. 노래도 마찬가지다. 예전에 대중 가수들의 노래 인기 순위를 발표하는 '가요톱텐'이라는 프로그램이 있었다. 조용필, 이선희, 이문세, 신승훈 같은 가수가 노래를 발표하여 4~5주씩 1위를 차지하곤 했다. 지금 생각하면 전설의 고향이다. 그런데 요즘에는 시간 단위로 신곡들의 인기 순위가 뒤바뀌는 일이 허다하다.

패스트푸드점에서 숨 가쁘게 음식을 먹고 자리를 비워주듯이 나는 무언가에 쫓기듯이 음악과 영화를 그렇게 후다닥 듣고 보고 있다. 내 의지와 관계없이 우르르 몰려가서 영화를 본다. 남들이 다 보는데 나만 안 보면 뒤처지는 사람이 되는 것 같다.

'우르르·후다닥' 하면 누군가에 현혹당하는 것이다. 아니면 보이지 않는 손에 이용당하고 교묘하게 강요당하는 것이다.

1,000만 영화 시대에 이미숙(인협)은 누구인가? 이미숙(인협)에게 홀려서 몸을 섞는 동네 뭇 사내들은 누구인가? 이미숙(인협)을 괴롭히는 삼돌이(이대근)는 누구인가? 내 의지와 관계없이 우르르 몰려가서 무언가에 쫓기듯이 음악과 영화를 후다닥 듣고 본다. 그들은 이미숙(인협)에게 홀려 있는 동네 뭇 사내들 아닌가? 뭇 사내들도 독립투사가 될 수 있다. 이미숙에게 홀리지 않으면 된다.

05

엔터테인먼트 공장, 생각의 독점

보이 그룹 방탄소년단이 2018년 10월 6일 미국 뉴욕 시티 필드에서 'LOVE YOURSELF' 공연을 했다. 뉴욕이 텐트촌이 되고 지하철이 추가운행까지 했다. 미국 공연 스탠딩석의 경우 선착순 입장이 이뤄지는 탓에 좀 더 가까운 거리에서 방탄소년단을 보기 위해 텐트를 치고 밤을 새우고 있었기 때문이다. 뉴욕 지하철 측도 공연 당일 혼잡해질 것을 방지하기 위한 대책이었다. 방탄소년단은 얼마 전 유엔(UN)본부 신탁통치이사회 회의장에서 연설했다. "많은 사람이 우리(방탄소년단)에게 희망이 없다고 생각했다. 때때로 그저 포기하고 싶었다. 여러분의 이름과 목소리를 찾으라" 하는 메시지를 전했다. 방탄소년단 말은 세계의 젊은이들에게 감동을 주고 희망의 메시지를 줬다. 너도 나도 지구도 방탄소년단에 혹 빠져 있다. 그들의 노래는 미국인 마음까지도 닫힌 문을 여는 열쇠처럼 공유되고 있었다. 한국이나 미국이나 세계가 똑같이 단일 대오를 형성하여 열광하고 있다. 똑같이 야광등을 흔들고 똑같은 모습으로 열광한다. 욕망의 단일화를 통한 세계화다.

얼마 전 내가 즐겨 시청했던 연속극이 종영했다. tv○○에서 했던 <미스터 선샤인>이다. 나는 이 연속극이 방영될 때면 아내와 채널권 싸움을 한다. 아내는 이 연속극을 좋아하지 않는다. 유재○이 진행하는 예능 프로그램을 좋아한다. 출연자들이 하는 말과 행동을 그대로 따라 한다. 그렇지 않으면 유행에 뒤처진다는 것이다. 아내는 프로그램이 끝나면 출연자들이 입고 있던 옷을 꼭 분석한다. 화장품도 연예인이 선전하는 것을 보고 분석한다. 분석이 끝나면 인터넷으로 구매한다.

내 처갓집은 1남 8녀다. 그중 6번째가 내 아내다. 이해가 안 갈 것이다. 옛날이기에 그렇다. 9남매는 그들의 카톡방이 있어 모든 정보를 공유한다. 이들은 1년에 상반기 하반기 2번 모임이 있다. 그런데 우스운 것이 있다. 얼굴이 비슷한 것은 한 핏줄이니 당연하지만 백, 옷, 구두 등이 비슷하다. 화장품도 똑같은 회사 제품을 쓴다. 카톡방을 통해 정보를 공유하고 내 아내가 대표로 공동 구매하여 배분하기 때문이다.

'미스터 선샤인'도 '방탄소년단'도 '예능 프로그램'도 모두 연예 기획사인 엔터테인먼트 회사 공장에서 만들어 생산한 상품이다. 엔터테인먼트 회사 공장은 옷차림·언어·행동거지·화장과 하다못해 생각하는 것까지도 치밀한 전략과 기획에 의해 상품으로 만들어 대량 생산한다. 그리고 국민들에게 판매한다. 아이돌 그룹은 어렸을 때부터 7년 8년 등 수년간 숙소 생활을 하면서 만들어진다. 이러한 아이돌 그룹은 어떤 회사는 연애도 금지시키고 외출 외박도 엄격하게 통제해가며 트레이 닝을 시킨다. 그리고 규격화된다. 연속극이나 각종 TV 프로그램도 마찬가지다. 예전에는 방송국에서 직접 제작했으나 지금은 대부분 연예 기획사 공장에 제작을 위탁한다.

국민들은 그들 공장에서 생산된 상품, 즉 배우들이 하는 행동, 바르는 것, 입는 것을 따라 한다. 획일화된다. 그들이 네모라면 사람들도 네모가 된다. 연예 프로그램 출연자들의 말과 행동, 입는 옷 모두 기획사 공장에서 생산한 규격화한 '독점상품'이다. 우리는 그 독점상품에 현혹되어 끝없이 사용한다.

SM·YG·JYP·빅히트·미스틱·FNC엔터테인먼트·스타 제국 등은 한국 대표 연예 기획사. 이들이 연합하여 한국판 베보(음원미디어 공급회사) 회사라는 공장이 탄생했다. 이들이 뭉쳐 음악 등의 각종 콘텐츠를 통합 유통·제작·관리하여 수익을 창출한다는 것이다. 지금도 그렇고 앞으로도 그들이 지정해준 독점적 콘텐츠 범위 안에서 우리의 '희희낙락'이 결정될 것이다.

요즘 TV를 틀면 음식과 관련한 프로그램이 제일 많이 나오는 것 같다. 그중 B○○이라는 남자 셰프가 제일 많이 나온다. 얼마 전 신문에 맛 칼럼니스트가 이 사람을 비판한 기사가 났었다. 이 사람이 진행하는 한 프로그램에서 청년 상인에게 블라인드 막걸리 테스트를 한 것을 비판한 것이다. 한 양조장의 막걸리도 유통과 보관 상태에 따라 맛이 제각각이다. 신의 입이 아니고서는 정확히 맞힐 확률은 매우 낮다는 것이다. 초보 장사꾼을 궁지로 몰아넣는 설정이었다. 실험하기 위해 이 막걸리를 챙겨서 가져온 사람은 알 수도 있다는 것이다. 결국 교묘하게 자기는 실력이 있는 척하고 실험한 것이다. 이 칼럼니스트는 또 그가 소개하는 음식은 설탕을 많이 사용해서 맛있다고 하는 것이라고 비판했다. 또한 유명인이 어떤 음식을 맛있다고 선전하면 거기에 현혹되어 맛있다고 생각해서 맛있는 것이라고 했다.

TV에 나오는 배우 중 많은 사람이 성형을 했다. 예쁘게 보이기 위해서다. 그런데 그 '성형 이쁨'이 그리 싫지는 않다. 그 성형 이쁨 배우가 내 마음을 이쁘게 성형해준 것 같기 때문이다. TV에 내가 좋아하는 고급스러운 빨간 옷을 입고 배우가 나오면 멋있게 보인다. 그 배우가 나에게도 자기가 입었던 빨간 옷을 입혀주는 것 같기 때문이다. TV에 나오는 배우는 말을 교양 있게 한다. 훌륭하게 보인다. 그 배우가 나에게도 교양 있게 말하는 법을 가르쳐주는 것 같다. TV에 나오는 배우가 화장을 참 진하게 했다. 그러나 나도 모르게 천박하지 않고 예쁘게 보인다. 촌스럽지 않고 세련되게 보인다. 내 아내도 그 배우를 따라 진하게 화장을 한다. 모두 따라 한다. 생각을 독점한다.

그러나 왠지 꺼림칙하다. 속이 개운하지 않다. 내가 누군가에 팔려간 것 같다. TV에 나오는 배우는 꺼림칙한 이쁨이다. 꺼림칙한 빨간 옷이다. 꺼림칙한 교양이다. 꺼림칙한 화장이다. 그들이 내 마음을 현혹시켜 유인했기 때문이다. 빨아들이고 점

령했기 때문이다. 이상한 막걸리에 취한 것과 같다. 독점 회사 상품을 어쩔 수 없이 구매한 느낌이다. 독점 상품에 당한 것 같다. 독점 제품을 살까? 아니면 사지 말까? 고민이다. 이상한 막걸리 현혹은 중단 없이 계속될 것이다.

06

100만 원짜리 화장품의 비밀

매월 두 번째 주 토요일 지인이 운영하는 노인요양원에서 자원봉사를 한다. 치매 노인 상담과 일상생활 수발 지원이다. 거의 하루도 빠짐없이 5년 정도 하고 있다. 이렇게 열심히 하는 이유가 하나 있다. 치매 어르신 중 내 예쁜 애인이 있기 때문이다. 치매 어르신들과 이야기를 나누다 보면 예쁜 치매와 나쁜 치매로 구분된다. 예쁜 치매 어르신의 말투는 신혼부부 때 나누는 달콤한 언어를 구사한다. 가족이나 주변인들을 통해 과거를 추적해보면 대부분 결혼생활이 원만하고 행복했던 분들이다. 반면, 나쁜 치매 어르신들의 말투는 과격하고 욕 잘하고 거칠다. 대부분 과거 결혼생활이 원만하지 못하거나 굴곡 있는 결혼생활을 한 분들이다. 지나온 자기 삶이 그대로 행동으로 나타나는 치매다.

내 애인은 내가 상담해주고 놀아주는 치매가 있는 82세 여자 어르신이다. 내가 가는 날이면 목욕하고 새 옷 차려입고 입술에 빨갛게 루주 바르고 곱게 화장하고 나를 기다린다. 이 여자 어르신을 만난 지는 3년이 된다. 어느 날 요양원에 갔는데 요양원 직원이 하는 말이, '나만 보면 정신이 맑아지고 생기가 돌고 화장하고 수줍어한다'라는 것이다. 그래서 그분의 전담 상담사가 되었다. 가족들에 의하면 남편 얼굴과 내가 비슷하다고 한다. 그리고 사이가 굉장히 좋았다 한다. 아마 나를 남편으로 착각하고 있는 것 같다. 화장이 이 어르신에게 어떤 의미인지 깊이 생각하게 한다.

얼마 전 결혼 29주년에 아내와 부부싸움을 한 적이 있다. 백화점에서 보고 온 화장품이 있다고 하면서 결혼기념일 선물로 사달라고 하는 것이다. 아내는 화장품을 꼭 백화점에서 산다. 백화점 판매 화장품은 명품화장품이라는 등식이 성립되어 있다. 아마도 샤넬, 디오르, 프라다, 이브 생로랑, 지방시 같은 소위 명품으로 불리는 제품이 백화점에 많아 여기에 휩쓸리기 때문인 것 같다. 사준다고 OK 하고 화장품 가격을 물어보니 100만 원짜리 코○○○○○○ 화장품이었다. 가격에 놀라고 비싼 만큼 효과가 있는지 알고 사느냐고 하면서 얼마 안 있으면 할머니 될 사람이 정신 나갔다고 한 말이 발단이 되었던 것이다.

화장품 지식이 전혀 없는 나는 화장품 회사 영업이사로 있는 친구에게 100만 원짜리 코○○○○○○ 화장품의 가격 결정 과정과 효과 등에 대해 물어봤다. 친구 말에 의하면 실지 화장품 원료 값은 100만 원의 2~5%인 20,000~50,000원 선이라고 한다. 나머지는 화장품 담는 용기 값, 물류비, 인건비와 기타 생산비, 그리고 가장 많이 들어가는 마케팅 비용이 차지한다고 한다. 또 화장할 때 화장품을 가장 효과 있게 사용하는 비법으로 2분 법칙이 있다고 한다. 세안한 후 2분 이내 화장하면 비싼 화장품이나 싼 화장품이나 효과 면에서는 큰 차이가 나지는 않는다는 것이다. 그 이유는 비싼 화장품이나 싼 화장품 모두 세안 후 2분 이내에서는 피부흡수력이 같다는 것이다. 그래서 화장 시간이 가장 중요하다고 한다.

독일 레겐스부르크 대학에서 화장에 대해 실험한 내용이 있다. 아름다운 모델을 포함해 화장을 하지 않는 여성들에 대한 남성들의 반응에 대한 것이다. 바로 아름답지 않다/매력적이지 않다는 결과가 나왔다. 화장하지 않는 여성들이 더 예쁘다고 말하는 남성들의 이중적인 모습이 들어 있다.

일본의 뇌 과학자 '모기 겐이치로' 박사의 화장에 대한 실험 내용이다. 여성들에게 자신의 민낯과 화장한 얼굴, 타인의 민낯과 화장한 얼굴을 각각 보여주고 뇌의 반응을 MRI로 촬영을 했다. 화장을 하지 않았을 때는 자신과 타인을 인지하는 뇌의 영역이 달랐다. 여기서 놀라운 것은 화장을 했을 때의 반응이다. 화장을 한 자신을 볼 때, 뇌가 반응하는 영역이 타인을 볼 때 인식하는 뇌의 영역과 같다는 것이다. 즉, 화장을 한 내 모습을 타인으로 인식한다는 것이다. 여성에게 화장은 내가 아름다워지는 모습을 객관적으로 인식하고 거기서 만족감과 행복감을 느낀다는 것을 말한다. 여성은 누가 봐주지 않아도 자신을 위해 화장을 하는 '자기만족의 욕망'이 크다는 것을 보여주는 실험이다.

또한 화장술이 목표로 삼는 이상적인 나이가 몇 살인지의 흥미로운 실험도 있는데 24살로 나온다. 24살은 여성이 임신할 가능성이 가장 높은 나이다. 그 이유는 생물학적으로 봤을 때 임신과 출산에 있어서 가장 왕성한 나이가 바로 24살이기 때문이다. 생식력이 가장 최대치인 이 시기의 여성은 그 자체로 가장 아름다워 보인다고 한다. 사람들이 '동안(童顔)'에 집착하는 것도 이 이유다. '조금 더 어리게 조금 더 24살같이' 이것이 화장이 꿈꾸는 욕망이다.

아내는 세안하고 커피 한잔 마시고 친구와 전화로 수다 떨면서 화장을 한다. 내 아내는 백화점 명품 화장품 허영에 잔뜩 빠져 있다. 얼마 전 결혼기념일이었다. 화장품 가격 분포를 그렇게 설명해도 잘 믿지 않고 꼭 백화점에서 명품 화장품을 사달라고 우겼다. '화장의 욕망'에 현혹되어 눈이 안 보이는가 보다. 욕망 자체가 자기 기쁨인 모양이다. 할 수 없이 동네에 있는 H백화점 매장에 갔었다. 운전까지 해주면서. 타협을 했다. 아내에게 말했다. "세안 후 2분 안에 화장하면 50,000원짜리 화장품 효과도 명품 못지않게 크다 한다. 그러나 결혼기념일이니만큼 나도 눈 감고 사주겠다. 오늘 단 하루 당신의 욕망을 인정해주겠다. 그러나 매일 인정은 못 한다." 그래서 300,000원짜리로 합의했었다. 아! 이래서 화장품은 지구가 멸망하지 않는 한 없어지지 않겠구나 하는 생각이 들었다. 화장품 회사도 망하지 않을 것이다. 인간은 화장품과 같다. 나의 아내 마음

은 2~5%인 20,000~50,000원을 제외한 98~95%의 98~95
만 원어치의 욕망으로 가득 차 있는 것인가? 아닌가?

'조금 더 어리게 조금 더 24살같이' 이것이 화장이 꿈꾸는
욕망이다. 자기만족의 욕망이다. 치매 할머니의 화장같이 욕망
은 없어지지 않는다. 그래서 100만 원짜리 코○○○○○○
화장품에 현혹당하고 있다. 어쩔 수 없는 현혹이다. 그러나 세
안한 후 2분 이내 화장하면 비싼 화장품이나 싼 화장품이나 효
과 면에서는 큰 차이가 나지 않는다. 2분 화장시간의 법칙을
알면 현혹당해도 마음 상하지 않을 것이다. 자기야! 2분 화장의
법칙을 이해한다면 98~95만 원의 욕망을 예쁘게 봐줄게.

07

숭늉·옛날통닭·고등어조림도 럭셔리하다

　오늘은 가을비가 내린다. 차를 끌고 밖으로 나왔다. 푸른 나뭇잎이 태양의 술에 취해 얼굴에 가을 색 홍조를 띤다. 홍조 띤 얼굴에 가을비가 내리니 물방울 무게에 견디지 못한 단풍나무 잎이 땅으로 떨어진다. 그런데 카페의 커피 생각이 날 법한 분위기인데 칼국수 생각이 난다. 아마도 나에게는 커피는 감정이고 칼국수는 본능인 것 같다.

　맛이 좋기로 소문이 나 사람들이 많이 가는 우리 동네 칼국숫집은 대략 20군데 정도 된다. 20군데 중 말 그대로 반죽을 직접 손으로 빚는 집은 5개 정도고 나머지는 기계로 뽑는다. 육수는 대개 반 정도가 사골, 해물을 사용한다. 별도의 육수를 사용하지 않는 집은 그냥 맹물에 면을 끓이고 양념간장, 호박, 얼갈이김치로 맛을 내는 집이다. 나머지는 영업비밀이라고 알려주지 않는 집이다. 나는 사골 육수를 사용하는 칼국수를 좋아한다. 내가 자주 가는 집은 세 곳이다. 일주일에 한 번 내지 두 번은 점심으로 칼국수를 먹는데 돌아가면서 먹는다. 세 집 다 사골 육수인데 맛은 각각 다르기 때문이다. 내가 가는 세 곳은 20군데 중에서 모두 직접 맛을 보고 내 입맛에 맞는 집을 골라 정했다. 많은 사람들이 가기에 맛있는 줄 알았더니 그중 세 곳 식당만 내 입맛에 맞은 곳이다. 20곳 중 17개인 85%는 다른 사람들이 우르르 간다는 이유로 나도 그냥 우르르 가서 칼국수를 먹은 곳이다. 내 마음의 85%는 다른 사람들에게 현혹 당한 것이다.

우리 동네 칼국수는 사골, 해물, 맹물로 입맛을 결정하고 사로잡는다. 나는 사골을 좋아하는데도 해물, 맹물로 만든 칼국수를 많이도 먹었다. 내 마음의 85%가 다른 사람들에게 현혹되었기 때문이다. 배부른 현혹의 '배'가 볼록하다. 마음의 동맥경화다.

18살 남학생처럼 칼국수 대신 라면 두 개에 공깃밥을 말아 먹고 싶은 날이 있다. 제주 흑돼지 삼겹살을 배가 터지도록 근 단위로 쌓아두고 연기를 피우고 싶은 날도 있다. 하지만 이런 날도 있다. 별같이 생긴 달콤한 사탕을 입안에 살짝 넣고 사르르 녹아가는 새벽이슬 같은 감촉을 혀로 느끼고 싶은 날도 있다. 긴 머리를 하고 걸을 때 살랑살랑 움직이는 머리 사이로 살짝살짝 보이는 하얀 목살이 섹시한 첫 데이트 날의 애인처럼 하얗고 깔끔한 샌드위치 한 조각에 끼니를 해결하고 싶은 날도 있다. 이 두 가지를 한꺼번에 해결하기 위해 우리 동네에서 사람이 많이 간다고 소문난 '새달'이라는 식당에 갔다. 조그만 테이블과 깔끔하게 정돈된 주방이 있는 새달은 유혹적이지만 수줍은 듯한 달콤한 맛과 정갈하지만 두둑이 배를 채우는 끼니가 공존하는 곳이다. 바삭바삭한 돈가스와 부드러운 크림빵의 대조, 새콤한 오이 소스의 조화가 인상적인 카츠샌드. 새달은 새콤달콤한 맛으로 인기를 끄는 집이다.

24시간 영업하는 '그 집'이라는 한식당이 있다. 기사식당 같지만 기사식당이 아닌 집이다. 눈으로 보면 여느 식당 밥과 다를 게 없지만, 입에 넣는 순간 전혀 다른 맛이 난다. 맛은 있지만 그걸 굳이 뽐내려 하지 않는 곳이라면 이해가 될지 모르겠다. 이곳에서 파는 음식은 하나같이 대수롭지 않고 평범하고 친근해 보인다. 두부김치, 제육볶음, 보쌈과 편육, 육전, 누룽지, 숭늉, 간장게장, 나물 비빔밥. 여기다 무한리필.

고급 식기를 쓰지도 않는다. 할머니가 찬장에 올려둔 것 같은 빈티지 사기그릇에 툭 얹어낸다. 소박하고 친근하지만 알고 보면 정말 럭셔리한 음식이다. 인테리어가 럭셔리한 것도 아니다. 맛은 별로인데 간판 이름이 프랑스식 유럽식이라는 이유로 한 끼 10만 원 주고 럭셔리한 척하고 먹는 식당도 아니다. 한 끼 6,000원이다. 추리닝 입고 가서 먹어도 된다. 폼 잡지 않아도 된다. 맛만 즐기면 된다. 격식 없이 음식을 즐기는 식당이다. 그럼에도 이 식당 음식을 먹으면 입안이 우아해진다. 마음이 우아해진다. 마음이 우아하니 프랑스나 유럽이 생각나지 않는다.

한동안 미식가들 사이에서 궁극의 식사는 파인 다이닝(fine-dining)으로 통했다. 말끔하게 정장을 차려입고 2시간 넘는 코스를 우아하게 폼 나게 즐기는 최고급 레스토랑에서 식사를 해야 '음식 좀 먹어봤다' 하는 소리를 들었다. 십중팔구 음식을 입으로 먹고 혀로 소화시키는 사람이든지 폼으로 먹고 눈으로 소화시키는 사람일 것이다. 무슨 맛이지?

칼국수집은 사골 맛이 일품이다. '새달'은 새콤달콤한 맛이 일품이다. 유혹적이지만 수줍은 듯한 단맛과 정갈하지만 두둑이 배를 채우는 끼니가 공존하는 곳, 조화가 있는 곳이다. 바삭바삭하지만 새콤한 돈가스와 부드럽지만 달콤한 크림빵이 마음을 훔치는 집이다. 새콤과 달콤에게 아름답게 현혹되는 집이다. 사골 맛이 일품인 칼국수 집이다. 새콤달콤한 맛이 일품인 새달 식당이다. 그 집 식당은 편한 음식을 지향하고 입안과 마음이 우아한 집이다. 숭늉은 럭셔리할 수 없는가? 고추장은 럭셔리 할 수 없는가? 불고기 소스로 양념한 '옛날통닭'은 럭셔리 할 수 없는가? 새벽시장에서 공수한 고등어조림은 럭셔리 할 수 없는가? '일품', '편안함', '우아함'이라는 단어가 '럭셔리'라는 단어보다 못한 것이 있는가?

08

우산 장수와 짚신 장수 어머니의 계란 크기!

어렸을 때 할머니 무릎을 베고 듣던 이야기가 생각난다. 그 이야기를 듣고 스르륵 잠이 들었었지. 우산 장수와 짚신 장수 이야기다. 다 아는 이야기다. 옛날에 우산 장수와 짚신 장수를 하는 두 아들을 둔 어머니가 있었다. 그런데 이 어머니는 늘 수심에 잠겨 있었다. 하루는 이웃 사람이 그 이유를 물었다. 그러자 어머니는 한숨을 쉬며 말했다. "내게는 우산 장수인 큰아들과 짚신 장수인 작은아들이 있다오. 그런데 해가 뜨면 큰아들이 장사가 안되고, 비가 오면 작은아들이 장사를 망치니, 내가 하루라도 마음이 편할 날이 있겠소?" 우산 장수와 짚신 장수 아들을 둔 어머니의 이야기다. 우산도 진실이다. 짚신도 진실이다. 해도 진실이다. 달도 진실이다. 개별적으로 모두 진실이다. 개별적 진실이 들어 있는 이야기다. 누구를 편들 수 없다. 우산은 짚신이 거짓이다. 짚신은 우산이 거짓이다. 잘못하면 어머니는 짚신에 당한다. 우산에 당한다. 양면의 진실이다.

옛날에 글재주가 뛰어난 두 친구가 있었다. 어느 봄날 꽃으로 붉게 물든 산을 보면서 한 친구가 "개화만산홍(開花萬山紅)"이라고 말했다. 꽃이 피니 온 산이 붉다는 의미이다. 이에 다른 친구가 "낙화만산홍(落花萬山紅)"이라고 답했다. 꽃이 지니 온 산이 붉다는 것이다. 꽃이 피니 붉은 산도 진실이다. 꽃이 지니 붉은 산도 진실이다. 한쪽만 진실이 아니다. 모두 개별적으로는 진실이다.

나는 키 166cm에 몸무게가 75kg이다. 배도 볼록 나왔다. 다이어트를 시작하기로 했다. 다이어트는 적절한 운동과 음식 섭취가 관건이다. 얼마 전 우연히 한 텔레비전 예능 프로그램에서 '퀴노아 밥상' 다이어트로 키 170cm에 26인치 허리 사이즈를 유지하고 있다는 출연자의 말을 들었다. 그래서 퀴노아에 대한 자료를 찾아봤다. 퀴노아는 고단백·고영양·저지방이며 미네랄 함량이 높은 사실이 알려지면서 슈퍼 푸드로 각광받고 있다. 남아메리카 안데스산맥에서 주로 생산되는 곡물이다. 잉카어로 '곡물의 어머니'라는 의미를 갖고 있다. 유럽에서도 퀴노아 열풍을 일으켰다. 그러나 그늘진 이면도 있다. 자연 파괴와 건강에 좋은 식품이라는 양면이다. 농부들이 너도나도 퀴노아를 재배하면서 안데스산맥의 자연 생태가 급속히 파괴됐다. 가격이 오르자 잉카 시절부터 퀴노아를 먹던 페루와 볼리비아 저소득층은 돈이 없어 사 먹지 못하고 그들의 식량을 빼앗겼다. 건강에 좋은 식품이라는 진실 뒤에 또 다른 진실이 있었던 것이다. 좋은 식품이라는 진실 하나만 있는 것이 아니다. 자연

파괴 진실, **빼앗긴** 식량 진실도 있다. 진실은 하나가 아니다. 좋은 식품 진실 하나만 믿을 수 없다. 다른 한쪽의 면도 진실이기 때문이다. 양면 모두 진실이다. 한쪽만 진실이 아니다.

한 공중파 방송에 노래를 점수로 따져 순위를 정하는 불○○ ○○이라는 음악 경연 프로그램이 있다. 이 프로그램에 잘 나오는 부부 가수가 있다. 이 부부 가수 중 여가수가 토크 예능 프로그램에 나와 한 말이 기억에 남는다. 결혼 6년 동안 남편에게 민낯을 한 번도 보여주지 않았다는 것이다. 남편은 4살 연하다. 아침에 남편이 잠에서 깨기 전에 먼저 일어나 화장했다 한다. 저녁은 남편이 잠든 후에 화장을 지우고 잤다 한다. 남편에게 민낯을 보여주기 싫기 때문이란다. 남편은 화장한 얼굴이든 민낯이든 상관없다고 한다. 그렇지만 부인은 그렇지 않다고 한다. 이 부부 사이에는 민낯과 화장이라는 진실이 있다. 남편 입장에서는 화장도 진실이고 민낯도 진실이다. 화장한 아내 얼굴도 사랑하고 민낯도 사랑하기 때문이다. 부인은 화장만 진실이다. 화장한 얼굴만 진실이다. 민낯을 보여주기 싫기 때문이다.

나는 사과를 좋아한다. 초가을이 되면 사과 과수원을 하는 친구들에게서 사과 사라고 연락이 온다. 나는 새콤달콤한 부사를 좋아한다. 그런데 가격이 제각각이다. 20,000원부터 50,000원까지 천차만별이다. 다들 안 사주면 입장이 곤란한 처지라 부르는 가격을 주고 산다. 너무 많아 주변에 신세 지는 분들에게 나눠 주기도 한다. 그런데 그들이 가격을 말하기 전의 이야기가 있다. 황토 사과다. 고랭지다. 맛이 최고다. 영양가가 다른 사과와 다르다. 알이 크다. 색깔이 좋다 등등. 그러나 나는 믿지 않는다. 사과 맛을 간과한 채 하는 과장된 말이기 때문이다.

나는 계란을 좋아한다. 아침은 삶은 계란 한 개에 우유 한 잔, 커피 한 잔, 사과 한 개로 식사를 대신한다. 일주일에 한 번은 아내를 따라 마트에 간다. 계란은 꼭 내가 선택한다. 계란을 무게로 구분하면 대란(52~60g) 위에 특란(60~68g)이 있고 특란 위에 왕란(68g 이상)이 있다. 축산물품질평가원 자료를 보았다. 계란 품질은 1+등급부터 3등급까지 있다. 2017년에 판정한 7억 5,600만 개 가운데 1+등급이 93.2%에 달했다. 최고 등급 비중이 이렇다면 과장과 거품일 것 같다. 크기에 따른 영양소 차이는 거의 없다 한다. 영양가는 같은데 특란의 특, 왕란의 왕이라는 것의 선입견에 현혹되어 있는 것이다. 선입견 현혹이다.

어머니는 우산을 진실이라고 할까? 아니면 짚신을 진실이라고 할까? 개화만산홍(開花萬山紅)만 진실일까? 낙화만산홍(落花萬山紅)만 진실일까? 퀴노아는 건강에 좋은 곡물이라는 것이 진실인가? 자연 파괴가 진실인가? 빼앗긴 식량이 진실인가? 민낯만 진실일까? 화장한 얼굴이 진실일까? 계란은 특란이 진실인가? 왕란이 진실인가?

터무니없는 선입견이 있다. 진실은 하나다. 진실은 믿을 수 있다는 생각이다. 믿으면 '선입견 현혹'이 발동되는 것이다. 어머니! 한쪽 아들에게만 쏠리지 마세요. 쏠리면 '쏠림 현혹'이에요. 잘못하면 두 아들 모두 볼 수 없을지도 몰라요. 거짓된 사람이란 자기 능력을 과장되게 말하는 부정직한 사람, 자신의 무능함을 가리기 위해 겸손한 체하는 사람이다.

좋은 식품이라는 진실 하나만 믿을 수 없다. 다른 한쪽에 또 다른 진실이 있다. 양면 모두 진실이다. 한쪽에 치우치면 현혹 당한다. '한쪽 치우침 현혹'이다. 이쪽 진실이 저쪽 진실을 현혹 하는 것이 사회원리다. 진실이 진실을 현혹한다. 진실이 진실 에 당한다. 개별적 진실을 다 봐야 한다. 세상의 양면을 동시에 봐야 한다. 모두 개별적 진실 존재다.

제5장

괜찮은 현혹, 난처한 현혹

성형, 자기(self-) 시리즈, 은퇴, 100개 장미꽃,
이국종 교수, 시대, 나이, 날짜변경선

내가 좋아하는 배우 코가 1cm 더 커졌네

서울 압구정동의 한 백화점 앞에 서서 맞은편을 바라보면 성형외과 행렬이 동호대교 남단 쪽으로 끝까지 이어진다. 며칠 전 그 백화점 앞에서 친구를 만나기 위해 20분 정도 서 있었던 적이 있다. 기다리는 동안 성형외과 병원 건물에서 나오는 사람들을 유심히 바라보았다. 그런데 공통점이 있었다. 대부분 여성들인데 적어도 내 기준에는 모두들 미인이다. 얼굴이 갸름하고 아름답다. 코가 오뚝하다. 매혹적이다. 성형수술 한 탓인 듯하다.

TV를 켜면 남녀 배우 모두 조각 같다. 하나같이 미남 미인이다. 그리고 그들은 각종 상품의 CF로 활동한다. 내가 좋아하는 여자 탤런트가 있다. 내 기준의 미인이기 때문이다. 현재 내가 쓰고 있는 화장품을 선전하고 있고 유부녀다. 그런데 얼마 전 이 탤런트의 성형 전·후 비교 사진을 우연히 유튜브에서 본 적이 있다. 전혀 딴판이다. 아마 성형 전 사진은 중학교 때 사진인 것 같다. 성형 전 사진을 보면 눈도 크고 얼굴도 갸름한데 코가 납작했다. 성형 후의 현재 모습과 비교해보면 코가 1cm 정도는 높아진 거 같다. 1cm가 사람 모습을 저렇게 달라지게 하나! 우리나라 성형기술 세계 최고다. 아! 1cm가 나를 현혹시켜 그를 좋아하게 했구나. 그러나 그 현혹이 전혀 기분이 나쁘지 않다. 멋있게 상품화를 했고 그것을 나에게 기분 나쁘지 않게 소비했기 때문이다.

사람들은 성형수술을 몸의 장식, 몸의 상품화라고 비난한다. 자본주의의 황금만능주의 산물이라 한다. 언제부턴가 우리 사회에서는 '상품화'라는 말이 부정적인 의미로 통용되고 있다. 자본주의는 모든 것을 상품화해 교환하는 교환경제 체제이다. 학자는 지식을 상품화해 돈과 교환하여 생계를 유지한다. 배우는 외모를 상품화하여 생계를 유지함과 동시에 영화나 연극의 완성도를 높인다. 상품화에 대해 무조건 삐딱한 시선을 보내는 것은 옳지 않다.

배우를 바라보는 것은 '얼굴 소통'이다. 비언어적 소통이다. 즉, 얼굴의 이목구비가 만들어내는 '표정 메시지'를 통해 소통한다. 나는 그 배우가 1cm 높인 이목구비로 만들어내는 '표정 메시지'를 보고 화장품을 산다. 나는 또한 1cm 높인 코 메시지에서 '쾌감'을 느낀다. 나는 이 쾌감 때문에 물건을 산다. 나는 그 배우가 코를 1cm 높이지 않았다면 화장품을 사지 않았을 것이다. 이런 코의 현혹은 기분 좋은 현혹이다.

얼마 전 이 배우가 예능 프로에 나와 성형수술 했다고 떳떳

하게 말하는 것을 봤다. 성형 결과 자기가 원하는 기준의 미인이 되었으며 만족한다고 한다. 자기 방식의 '자아 성취'다. 그리고 자기 목적은 돈을 버는 것이고 돈을 버는 데 유리한 조건이 되기 때문에 성형수술을 했다는 말이 기억에 남는다.

웬만한 사람이라면 에이브러햄 매슬로 Abraham Maslow의 욕구 피라미드를 알 것이다. 인간의 다양한 욕구들은 피라미드 모양의 위계적 단계를 이룬다는 것이다. 가장 아래 단계의 생리적 욕구들(식욕 등)이 채워져야 보다 고차원적인 상위 욕구(자아 성취 등)에 관심이 생긴다는 전제다. 한마디로 '금강산도 식후경'이라는 메시지다. 하지만 이 이론은 최근 위아래가 뒤바뀌고 있다.

왜 사람은 가장 뛰어난 지휘자가 되려 할까? 왜 1등이 되려 할까? 즉, 왜 자아 성취를 하려고 할까? 그동안 심리학자들은 온갖 철학적, 도덕적 이유를 더한 설명을 장황하게 했다. 하지만 진화생물학적 해석으로 매슬로 이론을 간명하게 만들었다. 서은국 박사에 의하면 금강산 구경을 위해 밥을 먹는 것이 아니라, 인간의 본질적 욕구(식욕, 성욕)를 채우는 데 도움이 되기 때문에 금강산 유람(자아 성취)을 한다는 것이 최근 진화심리학적 설명이다. 혁명적이다.

다시 말하면 욕구 피라미드 상단부의 자아 성취 욕구는 하단부에 위치한 인간의 본질적 욕구(식욕, 성욕)를 충족시키기 위해 존재한다는 것이다. 가장 뛰어난 지휘자가 되고, 1등이 되고, 가수는 가요 순위에서 1위가 되고, 배우는 얼굴이 남보다 예뻐야 CF도 들어오고 명예도 생기고 돈도 생긴다. 그래야 생리적 욕구인 일용품도 사고 맛있는 음식도 사 먹고 좋은 집에서 잠도 자고 마음에 드는 애인도 사귈 수 있다. 먼 미래에 자아성취에 자신 있다고 결혼하자고 하면 어떤 사람이 허락하겠는가.

내가 좋아하는 이 배우는 코 1cm의 상품화를 통한 자아 성취를 했기 때문에 고급 승용차도 타고 다니고 호텔에 가서 맛있는 고급 요리도 사 먹을 수 있는 것이다. 다시 말해 자아 성취가 있어야 인간의 본질적 욕구(식욕, 성욕)를 채울 수 있다는 것이다. 그래서 사람의 상품화를 삐딱하게 볼 게 아니다. 오히려 매슬로 이론을 수정해야 되지 않을까?

자본주의는 모든 것을 상품화해 교환하는 교환경제 체제다. 상품화는 자본주의사회에서 소비행위다. 이 여배우는 자기 얼굴을 상품화해 소비하는 것이다. 그러나 이 소비 행위도 균형성(Balance)이 필요하다. 노벨 경제학상 수상자인 폴 새뮤얼슨(Paul A. Samuelson)은 다음과 같은 간단한 행복 방정식을 제시했다.

$$\text{행복(Happiness)} = \frac{\text{소비(Consumption)}}{\text{욕망(Desire)}}$$

몸의 상품화를 통한 소비의 목적은 행복의 취득일 것이다. 소비를 늘리는 것으로 행복을 증진시킬 수도 있지만 욕망을 줄이는 것 또한 행복의 수단이 된다. 행복의 양은 고통의 양과 같다. 밥이 주는 행복은 몇 끼를 굶었는지에 의해 결정된다. 소비만이 대안이 아니라는 것 또한 염두에 둘 필요가 있다. 분명히 나는 이 여배우의 코 1cm에 현혹되었다. 그런데 이 현혹에는 생존 본능의 정당성이 있다. 용인될 수 있는 현혹이다. 이런 현혹은 당해도 괜찮을 것이다. 모든 사물과 원리는 균형성이다. 소비와 욕망도 균형성이 있어야 정당성이 인정되는 것이다. 몸의 상품화 소비를 통한 자아 성취도 나쁜 상품화와 정당한 상품화의 구별은 필요하다.

자발적 아웃사이더, 낚시꾼 스윙의 프로골프 선수 최호성

얼마 전 일주일 동안 일본 도쿄 맛집 투어를 했다. 가장 놀랐던 건 혼자 밥 먹는 사람들이 많다는 것이다. 1인용 식탁뿐 아니라 독서실처럼 칸막이가 있어서 옆 사람 신경 안 쓰고 혼자 밥 먹는 식당이 부지기수다. 그런데 요즘 우리나라에서도 혼자 밥 먹는 사람들을 흔하지 않게 볼 수 있다.

관태기(관계 권태기의 약자)란 신조어가 생겼다. 인간관계에 지친 사람들이 자발적인 아웃사이더가 된다는 내용과 관련된 신조어다. 타인에게 시간과 취향을 맞추느니 혼자가 편하다는 것이다. 그러나 역설적으로 '혼자이고 싶은데 혼자이고 싶지 않아요'라는 고민을 털어놓는다. 혼자이고 싶지만 외롭고 싶진 않다는 것이다. 이 말을 가장 구체적으로 살펴볼 수 있는 곳이 식당과 카페다. 혼자 밥을 먹으며 셀카로 자신의 혼밥 장면을 찍어 SNS에 올리고, 밥을 먹는 내내 친구들의 '좋아요'를 기다린다.

우연찮게 친구의 추천으로 네덜란드 작가 톤 텔레헨의 동화소설인『고슴도치의 소원』을 읽었다. 이 작품은 가까이하면 아프고 멀리하면 외로운 고슴도치의 딜레마에 대한 이야기다. 아무도 찾아오지 않는 외로운 고슴도치는 동물 친구들을 초대하기로 결심하고 온갖 상상을 한다. "다 같이 몰려들어 춤을 추면 어떡하지, 내 가시만 보고 무서워하면 어쩌지, 각자 입맛에 맞는 케이크를 준비해야 할 텐데, 나와 함께하는 게 즐겁지 않으면 어쩌지? 하고 상상한다. 나를 놀리고 비난하면 어쩌지, 그럴 바엔 차라리 혼자인 게 낫지 않을까? 그렇지만 지금보다 더 외로워지면? 고독이란 대체 뭐지? 고독이란 게 날 원하는 걸까? 나는 외로운 걸까, 외롭지 않은 걸까? 상상한다. 그리고 고슴도치는 다정한 누군가를 기다린다. 어느 정도의 온도와 거리가 우리에게 적당한 것일까?" 외롭지만 혼자이고 싶고, 혼자이고 싶지만 외로운 고슴도치의 딜레마다.

얼마 전 매년 하는 건강검진을 하러 갔다. 항상 느끼는 것이지만 병원에 도착하여 환자복을 갈아입는 순간 나를 잊어먹고 내가 딴사람처럼 느껴진다. 불과 몇 분 전까지 회사원이고 당당하던 내가 헐렁한 환자복을 입은 채 의사와 간호사의 말에 복종하는 '환자'로 변한다. 입은 옷에 따라 행동한다. 양복을 입으면 회사원같이 행동한다. 헐렁한 트레이닝복을 입으면 '백수'같이 행동한다. 개구리복을 입고 예비군 훈련을 가면 철없는 행동을 하고 갑자기 뻐딱한 사람이 되는 것과 같다.

'낚시꾼 스윙'으로 일본프로골프투어(JGTO)에서 우승한 최호성 선수 이야기가 신문에 소개가 되어 화제다. 일본에서 '토라상(토라는 최호성의 호랑이 호(虎) 자의 일본 발음)' 신드롬이라고 할 만큼 언론에서 그를 조명한다. 최호성은 45살이다. 그는 '피셔맨(fisherman · 낚시꾼) 스윙'으로 일본 골프 팬들을 열광시키고 있다. '피셔맨 스윙'은 스윙할 때 클럽을 낚아채듯 들어 올리는 피니시 동작이 낚시와 닮았다고 해서 붙은 별칭이다. 한 바퀴, 두 바퀴 몸을 뱅글뱅글 돌리고 허리가 뒤로 90도 가깝게 젖혀지는 동작이다. 기존 선수들이나 일반사람들이 전혀 쓰지 않는 동작이다. 정상적인 동작, 기본적인 동작과 전혀 다르다. 최호성은 고등학교 3학년 시절, 전기 톱날에 오른손 엄지 한 마디가 절단되는 사고를 당한 후 지금도 불편을 겪고 있다고 한다. 그는 막노동 등 다양한 일을 하다 스물여섯 나이에 골프를 시작했다. 그러기에 그는 다른 골퍼들과 잘 어울리지 못하는 '아웃사이더'였다고 한다. 일본의 많은 팬이 최호성에게 열광하는 것은 우스꽝스러워 보이는 스윙의 겉모습 때문이 아니다. 20대에 골프를 시작하고 남들이 하는 동작을 답습하지 않고 자기만의 독창적 동작으로 갖은 고생을 겪은 끝에 40대 후반에 꽃을 피우기 시작한 사실 때문이다.

1인 가구 증가에 대한 사회현상에 대하여 칼럼을 써달라는 친구 기자의 부탁을 받고 통계청 자료를 살펴보았다. 1인 가구가 차지하는 비중이 2015년 기준 27.2%다. 이들 직장인 10명

중 3~4명 정도가 자신을 직장 내 아웃사이더라고 생각한다고 한다. 이처럼 우리나라는 '자발적 아웃사이더'의 1인 시대를 향해 달려가고 있다. 이러한 현상은 "남들 눈치 볼 필요 없이 혼자 사는 것이 편하다. 관태기를 겪는 등 인간관계에 지친다"라는 이유다. 다른 한편으로는 자기 자신의 할 일을 자유롭게 효율적으로 하기 위해서 자연스럽게 혼자 생활하는 삶으로서 자발적 아웃사이더를 선택한다는 것이다.

패션도 '자발적 아웃사이더'가 뜨고 있다. 서울 동묘 인근 도깨비시장에서 볼 수 있는 '동묘 아재 패션'이 그렇다. 10대부터 50대까지 정장과 작업복 사이의 멋진 '아저씨 스타일'이 유행이다. '대디 패션'이다. 야구 모자를 쓰고 느슨한 배바지를 입는다. 실용적인 팔 토시나 조끼를 착용한다. 검은 헬멧을 쓰고 빨간 운동복 상의를 입고 전대를 착용한다. 남의 시선에 신경 안 쓰는 스트리트 패션이다. 기존 패션을 비트는 패션이다. 옷을 고를 땐 남의 눈은 크게 신경 쓰지 않고 편하고 실용적인 것을 우선으로 한다.

직장 내 풍속도에도 많은 변화가 일고 있다. 개인이 조직을 압도하는 시대다. 이제 퇴사한다고 하면 박수받을 가능성이 부쩍 커진 시대다. 평생직장의 개념이 아니다. 사회의 선택지는 이제 살아가는 자신의 삶의 가치관에 따라, 흥미에 따라 사회적 줄을 이어주는 곳이다. 이직과 퇴사라는 것에 대한 불안·애석·응원·걱정 대신에, 쿨함·당당함·행복·소확행·욜로 등의 이미지들로 교체되고 있다. 그것은 '자기(self-) 시리즈이고 자기(self-) 시리즈로 가는 길'이다.

옳고 그름은 없다. 있더라도 다수가 있다고 하기 때문에 있는 것이다. 그것은 다수의 속임수다. 다수의 강요다. 다수의 유인이다. 이렇게 우리는 다수에 현혹되어 순응한다. '다수순응 현혹'이다. 그래서 옳지 않은데 옳은 것으로 알고 순응하고 유인 당하고 따라간다. 나는 그 다수가 싫다. 그래서 무리에서 이탈한다. 이탈하면 나만의 법칙이 만들어진다. 그것은 남의 시선 신경 안 쓰는 스트리트 패션이다. 마음의 스트리트 패션인 것이다. 비로소 남의 눈 크게 신경 쓰지 않고 편하고 실용적인 삶으로 가는 길이다. 그것은 '자발적 아웃사이더'다.

혼자는 외로움을 현혹하고 외로움은 혼자를 현혹한다. 외롭지만 혼자이고 싶고, 혼자이고 싶지만 외로운 고슴도치의 딜레마일 수 있다. 딜레마 현혹이다. 이러한 딜레마 현혹에서 벗어나는 것이 '자발적 아웃사이더'의 길이다. 자발적 아웃사이더가 곧 자기(self-낚시꾼 스윙 · 스트리트 패션 · 동묘 아재 패션 · 남들 눈치 보지 않기 · 쿨함 · 당당함 · 행복 · 소확행 · 욜로) 시리즈다.

03

가을 다음은 겨울이 아니라 봄
그리고 시작의 색

가을이 되면 짙은 녹색으로 뒤덮였던 산과 들이 빨·파· 노·빨·파·노 하면서 노래를 부르고 온 산이 알록달록한 색 으로 물든다. 나뭇잎 속에 들어 있는 단풍 색소인 엽록소 덕분 이다. 단풍 색소는 식물이 겨울을 나는 과정을 보여준다. 엽록 소는 햇빛을 좋아한다. 햇빛은 '빨주노초파남보' 무지개색을 내쏟는다. 엽록소는 이 중 빨간색과 파란색 빛을 받을 때 광합 성이 가장 활발하다. 초록빛은 광합성에 쓰이지 않고 반사된다. 그 반사 빛이 우리 눈에 감지돼 식물의 잎이 초록색으로 보이 는 것이다.

잎 속에는 엽록소 말고도 노란빛을 반사하는 카로티노이드 가 있다. 그래서 우리 눈에 노란색으로 보인다. 봄과 여름엔 카 로티노이드보다 엽록소 양이 더 많아, 카로티노이드가 쏘는 노란색이 눈에 잘 보이지 않는다. 하지만 가을이 되면 추운 날씨에 약한 엽록소가 먼저 파괴되고, 상대적으로 추위에 강한 카로티노이드가 남게 된다. 이 모습이 바로 노란 단풍이다.

빨간 단풍은 나무의 겨울나기 색이다. 날이 추워지기 시작하면 잎이 떨어진다. 겨울에 잎이 얼어버리지 않도록, 잎에서 만들어진 탄수화물을 줄기로 이동시킨 뒤 더 이상 영양분이 오갈 수 없도록 통로를 막는다. 그래서 나무 스스로 잎을 떨어뜨리는 것이다. 이때 잎에서 미처 줄기로 이동하지 못해 남아 있는 탄수화물이 붉은 색소인 안토시아닌으로 바뀐다. 이 색소 덕분에 빨간 단풍을 볼 수 있는 것이다. 안토시아닌은 환경에 따라 때때로 자주색, 보라색, 남색을 띠기도 한다. 사람들이 화려하고 예쁘다는 이러한 단풍은 가을에 아름다움을 뽐내고 낙엽이 되어 겨울을 맞는다.

노화된 피부, 흰머리, 고집이 센 것, 허리가 구부정한 것, 지팡이 짚는 것, 병이 생겨 아픈 것 등이 사람의 황혼기의 단면이다. 이러한 인생의 황혼기를 흔히 화려하고 아름다운 단풍꽃을 피우는 가을이라 부른다. 과연 화려하고 아름다울까? 아마도 인생의 황혼기는 단풍과 같이 가장 아름다워야 한다는, 자조 섞인 표현이겠다. 아마도 인생을 4계절로 나누면 황혼기가 가을에 해당하니 애쓰는 현혹된 포장이겠다.

카로티노이드나 안토시아닌 색소는 단풍 만드는 데만 쓰이지 않는다. 사람이 먹으면 노화를 막는 효과가 있어 건강보조식품 성분으로 인기가 높다. 이 색소들이 노화의 주범인 활성산소가

세포에 달라붙지 못하도록 막는 항산화 물질이기 때문이다. 그런데 이상한 고민거리가 생긴다. 왜 하필 생명이 다한 낙엽이 되어 땅에 묻혀야 될 단풍 속에 있는 카로티노이드나 안토시아닌이 노화 방지를 하는 물질이지? 하는 의문 때문이다.

단풍도 따지고 보면 노화인데 노화가 노화를 방지하는 격이다. 가을에 낙엽 되어 떨어져 겨울을 맞는 단풍이 노화를 막는 역할을 한다고 했다. 그렇다면 빨간 단풍 노란 단풍은 겨울에 새로 피는 화려하고 아름다운 빨간 꽃 노란 꽃이다. 새로 시작하는 꽃이다. 따라서 은퇴는 노화를 막는 단풍이다. 그러니 은퇴는 새로 시작하는 빨간 단풍이고 노란 단풍이다. 아마도 그것은 인생의 황혼기로 상징되는 가을은 마지막이 아니라 또 다른 시작 새로운 시작이 될 수도 있다는 것일 것이다. 그래서 인생의 황혼기는 끝이라는 이미지의 가을이 아니라 봄인 것이다.

옷은 청바지를 입어야 한다. 바지는 다림질을 하여 줄을 세우고 입어야 한다. 말하는 것은 예쁘게 해야 한다. 입 냄새 나지 않게 스케일링도 1년에 한 번 해야 한다. 적성에 안 맞더라도 직업을 가져야 한다. 살아봐서 알지 않는가, 적성에 맞는 직업을 가지고 생활하는 사람이 얼마나 되는지. 지금까지 대부분 억지로 살아왔지 않은가. 산으로 가서 자연인이 될 수 있으면 되는 것이 빨간 단풍 노란 단풍이 되는 것이다. 아무리 노력해도 경로당에서 고스톱을 칠 수밖에 없으면 이왕이면 서로 사이좋게 고스톱 쳤으면 좋겠다.

자식에게 돈 주는 대신 그 돈으로 안짱다리 수술하여 똑바로 걸어 다녔으면 좋겠다. 세수하고 남자는 얼굴에 스킨 바르고 로션 바르고 여자는 입술에 루주 바르고 활기차게 걸어갔으면 좋겠다. 왜 자꾸 젊은 사람들에게 반말을 하는지 모르겠다. 하지 않았으면 좋겠다. 버스나 지하철을 타면 65세 지났다고 당연하게 경로석에 앉지 말자. 힘 있으면 서 있자. 차 안에서 혹시 젊은이가 자리 양보하면 끝까지 거부하자. 65세 이상이라는 이유로 전철 공짜로 이용하는 거 당연하다고 생각하지 말고 고맙다고 생각하자.

살아보니 하고 싶은 거 하는 것은 10개 중 한 개 정도고 9개는 하고 싶지 않은데 억지로 했던 것 같다. 은퇴는 하고 싶은 것 10개 중 10개를 다 할 수 있다는 것을 의미한다. 더 이상 무리하게 돈 버는 일을 하지 않으면 된다. 경로석이 당연하다고 생각하지 않으면 할 수 있다. 양복 대신 청바지 입으면 할 수 있다. 검은색 옷 대신 빨간색 노란색 옷 입으면 할 수 있다. 구두 대신 패션 운동화 신으면 할 수 있다. 잘난 체보다 못난 체하면 된다.

내려놓고 마음을 비우라고 한다. 그렇게 하지 않아도 된다. 아니 비우고 싶어도 비워지지 않는다. 적당하게 필요한 것만 눈치껏 내려놓으면 된다. 적당하게 필요한 마음만 눈치껏 비우면 된다. 다 내려놓고 마음을 다 비우라는 것은 뭘 모르는 소리다. 마음대로 비워지지 않는다. 남자는 스스로 밥해 먹고 아내에게 얻어먹지 않으면 된다. 남자도 손이 있다. 현재 가지고 있는 돈에 맞춰 사는 방법을 터득하면 된다. 그러려면 꼴값을 하지 않으면 된다. 잘난 체하는 것, 있어 보이는 척하는 것, 박현빈의 '오빠 한번 믿어봐' 노래는 무시하고 성악가의 노래 듣고 감동하는 척하는 것, 성인 자식한테 지원해주는 돈 끊지 못하고 여행 못 가는 것, 이것이 꼴값이다.

은퇴 준비는 미리 눈치채고 미리 알아두는 것이다. 졸혼(결혼을 졸업하다), 휴혼(잠시 떨어져 산다), 해혼(자녀 결혼 후 각자 삶을 산다), 각거(가족이지만 따로 산다), 혼밥(혼자 밥 먹는다), 혼영(혼자 영화 본다)을 미리 알아두자. 현재 삶에서 가장 큰 의미는 건강이라는 것을 미리 알아야 한다. 미리 알면 후회를 적게 한다. 건강관리 소홀을 줄일 수 있다. 여행 마음껏 못 가는 것 조금은 해결할 수 있다. 평생 즐길 취미 없는 일 발생을 줄일 수 있다. 65세, '이 나이에 뭐…' 이런 말에 현혹당하지 않으면 시작할 수 있다. 빨간 단풍, 노란 단풍은 시작의 색이다.

04

늘어나는 것과 줄어드는 것

"남자 신체 중 가장 확장성 있고 제일 잘 늘어나는 것이 무엇일까? 친구가 낸 퀴즈다. 나는 시골의 작은 초등학교를 졸업했다. 학교는 우리 집에서 걸어서 왕복 3시간쯤 걸리는 4km 정도의 거리였다. 검은 고무신 신고 양옆에 미루나무 가로수가 심어져 있던 울퉁불퉁한 비포장도로를 걸어 다녔다. 한 반에 학생이 60명 정도 되었는데 3반까지 있었던 단출한 학교다. 동창생들이 1년에 공식적으로는 한 번 모이고 그중 정서적으로 잘 통하는 10명의 친구가 월 1회 정도 만난다. 여자 동창들은 남자 동창들을 만나면 영계라고 하면서 좋아한다. 자기들 남편 나이가 많기 때문이다. 만나면 별별 이야기를 다 한다. 클래식 음악부터 사랑까지. 여자 동창이 퀴즈에 대해 정답이라고 자신하며 '남자 그것'이라고 얼굴 한번 붉히지 않고 말한다. 땡 틀렸다. 나이다. 1, 2, 3, 4, 5, 6, 7, 8, 9…… 100살.

나이에는 종류가 있다. 출생 후 날짜에 따라 정하는 달력 나이, 개인의 신체적 발달에 따라 정하는 생물학적 나이, 취업·결혼·출산·부모 되는 시기 등에 의해 정해지는 사회적 나이, 심리적 성숙도에 따라 정하는 심리적 나이, 자신이 스스로 느끼는 나이를 말하는 자각 나이가 있다. 나는 60세고 아내는 48세다. 띠동갑이다. 친구들이 부러워한다. 그러나 아내는 60세 같다. 남편인 내 생활과 분위기에 초점을 맞추고 살았기 때문인 것 같다. 나는 곧 회사에서 정년퇴직이다. 아내도 빨리 정년퇴직 하고 싶어 한다. 그것은 가사노동에서의 정년퇴직을 말한다. 하고 싶은 것 할 수 있는 시기가 정년퇴직하는 날이기 때문이다. 그래서 흥분, 아쉬움, 기대감이 섞인 감정으로 기다리고 있다. 엄마 역할 주부 역할 아내 역할 직장인 역할이라는 겹겹이 쌓인 책임에 시달리느라 하고 싶은 일을 미루고 있다. 아마 이런 감정이 복합적으로 있는 듯하다.

삶이라는 여정은 나이를 먹는 것이고 나이를 먹는다는 것은 '늘어나는 것과 줄어드는 것이다. 살아가면서 친구가 없어 정붙일 곳이 없다면, 꽃을 심고 기르는 것도 세월을 보내는 한 가지 방법이다. 할머니가 좋아하셨던 '백일홍' 꽃이 있다. 조선 세조 때의 문신 강희안(姜希顔)은 '양화소록(養花小錄)'에서 백일홍에 대해 "비단처럼 아름답고 이슬 꽃처럼 곱게 온 마당을 비춰주어 그 어느 것보다도 수려하다"라고 썼다. 백일홍 꽃은 7월에 개화하여 한 여름 무더위가 끝나고 가을이 올 때까지 100일간 붉게 핀 후 그 생명을 다한다. 꽃을 다 피우고 나면 그 꽃잎이 하나하나 땅위로 떨어진다. 그렇게 되면 백일홍은 떨어진 만큼 꽃잎이 줄어들고 땅위에는 떨어진 만큼 늘어난다. 그만큼 현 세상은 줄어들고 땅속 세상은 늘어나는 것이다. 이 것이 나이다.

성이 '지' 씨인 욕심 많은 아내는 100살까지 살 거라고 입버 릇처럼 말한다. 이런 아내 얼굴 양 볼은 백일홍같이 항상 홍조 를 띠고 있다. 그래서 별명이 '지일홍'이다. 지일홍은 48세다. 그것은 꽃잎 48개가 땅으로 떨어져 자연으로 돌아갔다는 것이 다. 아내 꽃은 48개 줄고 땅속 세상은 48개 늘었다는 것이다. 나이를 먹는다는 것, 세월이 간다는 것은 그래서 "줄어듦과 늘 어남"이다. 내 아내는 내년에 또 꽃잎 한 개가 땅으로 떨어질 것이다.

나이를 먹는다는 것은 "늘어나는 것과 줄어드는 것 또한 늘 어나는 것인지, 줄어드는 것인지 헷갈리는 것"이다. 한번 정리 해보았다.

〈늘어나는 것〉

집에 있는 시간, 나만의 사색 시간, 혼자서 할 수 없는 일, 혼자서 해야 하는 일, 여자의 남성호르몬, 말(잔소리…), 투정과 짜증, 건망증, 허리 두께, 체중, 싸움, 마음 약함, 부부 대화 시간, 가정의 정, 남자눈물, 부부의 애틋함(애틋함 늘고 사랑 줄어듦), 눈치(자식), 미안함, 약, 병원 가는 일, 삐짐, 따짐, 외로움, 뱃살, 고집, TV 시청 시간, 끼리끼리 바둑·고스톱 시간, 수동적 행동, 정치 이야기, 공공기관 에 가서 따지기, 교통위반, 편견, 위기감, 부정적 마음, 등의 가려움, 소외감

<〈줄어드는 것〉

욕구, 화장품, 남자의 남성호르몬, 일, 수입, 키, 부부대화, 친구, 잠, 술병 수,
이빨, 털(머리, 몸통), 활동, 체중, 건강, 연락, 기억력, 서로 다가가기, 마음에 맞는
사람, 부부 사랑(사랑 줄고 애틋함 늘어남), 활력, 도전, 변화, 나를 기다리고 있는
역할, 강인함과 용기, 마음의 자각, 기회, 능동적 행동, 시력, 가능성, 모험, 자립심,
요구와 집중, 관계, 재미, 사람들과 어울림, 관심, 긍정적 마음, 아름다움, 시력,
시작, 의지, 식사량, 자동차 운전 속도, 중요성

〈늘어나는 것인지, 줄어드는 것인지 헷갈리는 것〉

성장, 미움, 욕망, 무지(삶과 죽음에서 자유로워지려면 세 가지 독에서 자유로워져
야 한다), 나 자신의 프로그램, 책임(아내, 남편, 부모), 내가 고려해야 할 대상(자식,
남편, 아내가 아니라 나 자신), 안달·그리움(가족), 자신만의 공간, 행복, 매력, 흡족,
경험, 재능, 만족, 성숙, 아내 노릇과 남편 노릇, 내면의 부드러움

늘어나는 것, 줄어드는 것, 늘어나는 것인지 줄어드는 것인
지 헷갈리는 것, 그 속에 내가 있다. 늘어나는 것은 한쪽이 줄
어들기 때문에 늘어난다. 줄어드는 것은 한쪽이 늘어나기 때문
에 줄어든다. 땅 위는 떨어짐이 있기에 늘어나고 백일홍은 떨
어짐이 있기에 줄어든다.

살아간다는 것은 달력 나이·생물학적 나이·사회적 나이·
심리적 나이·자각 나이를 먹는 것이다. 그것은 떨어짐의 시간
이다. 더하기 빼기를 잘해보자. 늘어나는 것과 줄어드는 것을
잘 더하고 잘 빼면 떨어짐이 기분 좋게 느껴진다. 매력 있는
나이의 현혹이다. 그렇지 않으면 지질한 나이의 현혹이 된다.

05

쇼생크 탈출과 신창원 탈출

떨어질 잎이 없는 나무는 가을나무인가, 겨울나무인가? 이런 쓸데없는 생각을 하게 하는 11월이다. 15년 된 조그만 텔레비전이 고장 났다. 큰마음 먹고 화면의 가로 크기가 178cm인 텔레비전을 샀다. 텔레비전 성능도 경험할 겸 구입 기념식을 했다. 아내와 와인과 사과 두 쪽을 놓고 영화를 보았다. 무료 채널의 추억의 영화인 <쇼생크 탈출>이다. 화면이 크니 영화관에서 보는 것 같았다. 기분이 좋다. 자본의 힘이 이런 거구나 하는 생각이 든다.

<쇼생크 탈출>은 미국에서 1994년에 개봉한 것으로 2015년에 미국 네티즌이 뽑은 최고의 영화 1위를 차지한 바 있다. 줄거리는 이렇다. 아내와 그의 애인을 살해했다는 억울한 누명을 쓴 은행 부지점장 '앤디(팀 로빈슨 分)'가 종신형으로 수감된다. 교도소 안은 또 다른 형태의 인간 세계가 존재하는 곳이다. 앤디는 이런 세계에서 짐승 취급당하고 강간을 당하는 등 인권

사각지대인 교도소 내부를 생생하게 파헤친다. 그러던 중 앤디가 수감 19년 만에 탈출에 성공한다는 이야기다.

이 영화를 본 계기가 있다. 얼마 전 공중파 방송인 K○○○ TV 예능 프로에 출연한 아덴만의 영웅 이국종 교수의 말 때문이다. 중증외상센터에서 시각을 다투며 환자를 돌보는 이야기, 열악한 환경은 개선되지 않고 동료들을 쥐어짜면서 죽을힘을 다해 근무하고 있다는 이야기를 한다. MC가 이국종 교수에게 물었다. 이렇게 힘든 일을 왜 하십니까? "내 직업이니까. 내 할 일을 해야 하니까. 나에게 정의는 내 할 일을 하는 것이니까. 직업이라는 것이 답답하고 힘들다고 그만둘 수 있는 게 아니다"라고 답변한다.

토크 진행 중 이국종 교수의 방이 화면에 나왔다. 방 벽에 걸려 있는 그림이 눈에 확 들어왔다. 모두 병원 관련 그림인데 딱 한 개가 달랐다. 그것은 '쇼생크 탈출' 영화 포스터다. 사회자가 왜 이 포스터를 걸어났냐고 물어봤다. 이렇게 대답했다. "저도 이 일을 마치는 날 '쇼생크 탈출' 같은 저런 기분이 들지 않을까요?" 포스터 상단부에는 이런 말이 적혀 있다. "두려움은 너를 죄수로 가두고 희망은 너를 자유롭게 하리라."

1997년 1월 세상을 떠들썩하게 한 사건이 있었다. 무기수인 신창원의 교도소 탈옥사건이다. 100만 가까이 되는 군대와 경찰이 출동하는 등 전국이 난리가 났었다. 가난한 집안 사정으로 중학교를 중퇴한 신창원은 1982년부터 절도죄 등으로 교도소를 드나들기 시작했다. 1983년, 1984년, 1985년 세 차례 절도 및 특정범죄가중처벌법 위반으로 교도소에서 수감생활을 했다. 다시 1989년 3월 서울 성북구 돈암동에서 강도 살인을 범한 죄로 무기형을 선고받았다. 그러나 1997년 1월 20일에 교도소에서 환기통 창살을 실톱으로 절단한 후 탈출했다. 이후 신창원은 907일인 2년 6개월간 도피 생활을 하다 잡혀 재수감 되었다. 신창원은 도주 과정에서 100회 가까운 절도를 저질렀 다. 이 절도로 9억 8,000만 원의 생활비를 마련하여 생계를 이 어갔다. 신창원은 이 돈으로 다방 종업원, 주유소 종업원 등 15 명의 여자들과 동거했다. 대출을 받아 집을 사기도 했다. 경기 도 평택의 장애인 수용시설에 180만 원을 기부하기도 했다. 그 런데 동거녀들이 신창원임을 알았을 텐데 신고하지 않았다. 무 슨 의미일까?

우리 회사는 규정에 9시 출근하여 6시 퇴근하는 것으로 되 어 있다. 그러나 나는 대부분 8시에 출근하여 오후 8시 정도에 퇴근했다. 하루 평균 12시간 일했다. 상사에게 인정받으려고 그렇게 했다. 직장이라는 틀에서 시키는 대로 다 했다. 그래야 승진하기 때문이다. 그렇게 34년간 길들여지며 직장생활을 하 고 있다. 시키는 대로 다 하니 13,000명 중 상위 10% 안에 드 는 간부로 승진까지 했다. 강백수 작가의 말이 생각난다. 출근 충(벌레 충(蟲))·직장살이·찰러리맨·메신저 감옥[7]이었다.

---

7) 출근충[출근과 벌레 충(蟲)이 합쳐진 말, 이른 아침부터 밤늦게까지 일하면서 적은 급여 를 받고, 개인 시간도 없는 직장 세태를 조롱], 직장살이(직장생활을 시집살이에 비유), 찰러리맨[부모님에게 의지하는 아이(Child) 같은 직장인(salaried man)], 메신저 감옥(사 무실을 벗어나도 일과 상사로부터 벗어나지 못하는 상황).

나의 처음 직장생활은 15만 원짜리였다. 월급이 15만 원이라는 이야기다. 퇴직을 얼마 안 남긴 지금은 550만 원짜리가 되었다. 월급이 550만 원이라는 이야기다. 10만 원짜리 나이키 운동화 55켤레의 값이다. 나는 나이키 운동화 같은 상품이다. 내 마음과 몸을 판매한 값이다. 시키는 대로 복종한 값이다. 노래방에서 억지로 노래 부른 값이다. 승진하려고 밤에 몰래 발렌타인 23년산과 여자 속옷을 사 가지고 상사 집에 찾아가 아양 떤 값이다.

앤디와 신창원이 탈출했다. 나는 조금 있으면 탈출한다. 언뜻 생각나는 것이 있다. 현재의 행복, 즉 자신의 행복이 우선이라는 욜로(YOLO)다. 앤디가 탈출했다. 탈출한 후에 어떻게 살았을까? 탈출 성공의 그 순간 자유가 현실에서 쭉 이어졌을까? 신창원이 탈출했다. 907일간의 자유를 가졌다. 자유를 만끽했다. 절도로 마련한 돈으로 15명의 여자들과 동거했다. 집을 사기도 했다. 장애인 수용시설에 180만 원을 기부하기도 했다. 앤디와 신창원의 자유는 상상이고 현재였다.

앤디도 신창원도 탈출해보니 또 다른 현재일 뿐이었다. 또 다른 울타리가 있는 현재일 뿐이다. 나도 조금 있으면 탈출한다. 어디로 탈출할지 고민이 생긴다. 샤워하고 목욕탕 가는 기분이 드는 곳이면 된다. 착한 일 하기 싫어서 탈출한다. 성실하게 살기 싫어서 탈출한다. 9시 출근 6시 퇴근하기 싫어서 탈출한다. 탈출에 현혹되어 있다.

앤디는 또 다른 현재, 또 다른 울타리에서 살고 있을 것이다.

신창원은 현재 감옥에 있다. 그것 또한 또 다른 신창원의 탈출이다. 탈출·탈출·탈출을 해보니 또 다른 현재다. 탈출과 현재는 서로 현혹하는 관계이기 때문이다. 그래서 탈출은 현재의 허망이다. 그래도 탈출은 계속 시도되어야 한다. 그것이 현혹당하지 않는 자립하는 나이다.

06

격돌, 어느 편에 줄 서야 하지?

인천 동인천역에서 가까운 신포시장 근방에서 조그마한 카페를 운영하는 큰딸에게서 2018년 11월 초에 전화가 왔다. 지방에 사는 나에게 보고 싶다며 인천으로 오라는 것이었다. 부녀 사이가 이 정도면 괜찮은 것 같다. 기분이 좋다. 가게에서 가까운 차이나타운에서 맛있는 것 사준다는 것이다. 알고 보니 매주 토요일 '모던 보이, 모던 걸 인천 올드타운 탐방' 행사를 한다는 것이었다. 모던 복장을 입고 인천역부터 차이나타운을 거쳐 우리나라 최초 근대식 호텔인 '대불호텔'까지 둘러보는 행사다. 아빠의 추억을 끄집어내 주겠다는 것이다. 고마웠다. 10월 초 나는 딸 덕분에 그렇게 행사에 참석하게 되었다. 추억의 시간 여행이었다. 지금과는 결이 또 다른 시간 여행의 행복이었다.

행사가 끝나고 돌아오는 길에 커피점에서 산 커피를 손에 들고 맥아더 장군 공원에서 딸하고 한참을 이야기했다. 이야기 도중 언뜻 생각난 것이 있었다. "지금 느끼는 행복은 그때 시간과의 비교 행복이었다. 지금 내 마음속에 무언가 밀려들어 오고 있다. 정신이 혼미하다. '경성'이라는 시간이 지금 내 마음에 인천 상륙작전을 하고 있는 것 같다."

내 딸은 올해 30살이다. 카카오톡 프로필 이름도 '경성 하늘' 이고, 카페 이름도 '경성 하늘'이다. 자기 이름인 박하늘을 경성하늘로 한 것이다. 지금 살고 있는 전세 연립 아파트방도 모던하게 꾸며놨다. 내가 버리려고 했던 할머니가 물려준 자개장 서랍을 자기 방에다 장식해놓았다. 카페 인테리어도 모던하게 꾸며놨다. 커피 잔과 소반, 탁자와 의자, 벽 그림도 돌아가신 할머니 취향으로 해놓은 것 같다. 유니폼도 옛날 원피스를 입고 손님을 맞이한다. 21세기 4차 산업혁명 시대를 살고 있지만 각종 문물이 들어와 혼돈을 겪은 개화기 시절의 시간 여행을 팔아먹고 사는 카페다. 손님이 꽤 된다. 손해 보지 않고 잘 운영이 된다.

내 딸이 '경성의 시간'에 빠진 것 같다. 나도 딸 덕분에 경성의 시간에 빠져버렸다. 경성이라는 서울의 이름은 일제강점기라는 어두운 과거를 떠올리게 한다. 그러나 한편으로 청춘들은 관습이 무너지고 신문물이 들어오기 시작한 격동기인 이 시대에서 매력을 캐낸다. 청춘은 새로움을 발견하기를 좋아하기 때문이다. 패션, 인테리어, 음식, 드라마까지 청춘들의 금맥 캐내는 열풍이 거세다. 청춘들만 청춘이 아니다. 베이비붐인 나도 청춘이다. 왜냐하면 청춘과 같이 경성에서 시간을 캐내고 있으니 말이다.

경성시간 빼내기에 재미 들인 나는 딸과 함께 서울의 경성 투어에 나섰다. 서울 을지로의 한 의복가게에서 1900년대 개화기 의상을 빌려준다. 이곳에서 딸은 붉은색 원피스, 드라마 <미스터 선샤인>에서 호텔 글로리의 사장 양화(김민정)가 쓴 모자와 비슷한 망사 모자와 팔꿈치까지 오는 장갑을 착용하고 경성의 모던 걸로 변신하여 을지로 거리를 산책하며 시간을 보냈다. 의상이 딸에게 너무 어울렸다. 요즘 옷보다 고전적인 매력이 있었다. 산책을 마친 우리는 옛날식 간판으로 되어 있는 경성○○ 찻집으로 들어갔다. 한옥이었다. 그 당시에 있었던 축음기라는 기계에서 클래식 음악이 흘러나오고 천장엔 화려한 샹들리에가 걸려 있다. 배가 고파 알록달록 일본풍 그림으로 포장한 케이크와 차를 마셨다. 찻집 주인 말에 의하면 인근 의상실에서 개화기 양장을 빌려 입고 차 마시러 오는 분들이 많다고 한다. 또한 최근에는 꽃·나비 문양의 귀걸이나, 자개 손거울, 복고풍 찻잔 같은 것이 많이 팔린다고 한다.

근대는 의복·음식·주거·여가생활 등의 서구 문화가 빠른 속도로 확산하던 시기로서 전통과 이질적인 문화가 공존하던 특이한 시공간 시대다. 서울에서 가장 나이 든 을지로 골목이 열풍의 중심지다. 내 딸이 경성의 시간이라는 근대문화에 빠진 이유는 그 당시의 상황과 지금 처해 있는 딸의 상황과도 맞닿아 있어서 그런 것 같다. 딸은 페미니즘에 관심이 많다. 대학 졸업 후 취직하라 해도 월급쟁이는 노예라고 하면서 카페를 차린 것이다.

요즘 세상은 '격돌'의 시대다. 산업사회와 4차 산업의 격돌, 여혐과 페미니즘의 격돌, 모든 것이 격돌한다. 근대도 그랬다. 신여성과 구여성의 격돌, 유교적 문물과 서양 관습 격돌의 유교와 기독교적 가치가 격돌했다. 근대나 지금이나 사회 정의에 눈뜨는 사람과 그냥 현실을 살아가는 사람, 개인의 욕망을 인정하는 사람과 그렇지 않은 사람들이 뒤엉켜 살아갔다는 점에서 근대는 2019년과 유사하다. 영화 <아가씨>를 비롯해 경성을 무대로 한 드라마 <미스터 선샤인> 등이 모두 이런 흐름에서 나온 것 같다.

신문물이 등장하면서 유교 관습을 무너뜨리는 모습, 페미니즘 운동의 원류라 할 신여성이 다이내믹하게 등장하는 모습과 이야기들이 정신없이 변하는 이 시대를 살고 있는 젊은 세대들을 파고들었다. '파고듦'을 허용한 젊은이들을 한번 생각해볼 필요가 있다. 허용했다는 것은 현혹당했다는 것이다. 그러나 그것보다는 '어쩔 수 없이 허용되는 현혹'이라고 하는 것이 맞다.

경성 하늘 주인인 내 딸은 말한다. "아빠, 격돌 시대는 혼란하다는 것이에요. 삶이 혼란스럽고 힘에 부쳐요. 미래의 힘으로 변해야 하는데 힘들어요. 그래서 경성 하늘로 자꾸 시간 여행을 하나 봐요. 아빠, 100년 전 시간을 즐기면서 살아야 해요? 아니면 변화를 꾀해야 해요? 격돌이 돼요." 딸아, 경성 하늘로의 시간 여행은 현혹당하는 것일 수도 있단다.

07

꼰대 그리고 결혼 규칙 거부의 자유

나이 들어야 얻게 되는 것이 무엇일까? 나이 들면 남는 것이 무엇일까? 청춘의 지침, 내 마음대로 느끼는 기쁨, 내 마음대로 느끼는 청량함일까? 그리고 오색찬란하게 떨어질 수 있는 단풍의 자유일까?

일본 소설가 와카타케 치사코의 소설인 『나는 나대로 혼자서 간다』를 읽은 적이 있다. 와카타케 치사코는, "청춘(靑春)은 진즉에 끝났고, 이제 계절은 소멸의 쪽을 향해 간다. 나는 할머니가 좋다. 젊은 시절의 사회적 역할, 아내와 어머니라는 굴레에서 벗어나 드디어 자신의 진심으로 살아가는 시기다. 애초에 귀엽다거나 예쁘다는 반응을 기대하질 않으니, 꾸밈없이 '나는 이런데, 어떠냐?' 당당할 수 있다. 자유롭다"라고 말한다. 와카타케 치사코가 소설을 쓰기 시작한 것은 55세가 넘어서 남편이 뇌경색으로 세상을 뜬 직후였다. 스물여덟에 결혼해 줄곧 주부로 살았다. 사회 진출의 문이 닫혔다는 소외감이 있었다.

그러니 남편이 죽고 나서 "아주 약간은 기뻐하는 나 자신을 발견할 수 있었다"라고 고백한다. 일관된 주제 의식은 늙음과 자립이다. 계절은 늙고 있으나 결코 끝장나지 않는다. 자유의 걸음을 준비하고 있다.

나는 직장 관계로 떨어져 사는 29살, 31살 딸 둘과 대학생인 25살 아들이 있다. 딸들이 천재인 줄 착각한 나는 내가 사는 지역에서 최고라고 소문난 유치원에 보냈다. 4살 때부터 바이올린, 영어, 일본어, 발레 등 최고의 조기교육을 시켰다. 들어가는 비용으로 따지면 대학생 가르치는 것과 같았다. 아들도 마찬가지로 딸들과 비슷한 수준으로 조기교육을 시켰다. 최대의 실수는 내 자식이 천재라고 착각한 것이다. 따라서 조기교육의 결과가 좋을 리가 만무했다.

남동생과 두 여동생이 있다. 남동생은 나하고 띠동갑이다. 남동생 10살, 두 여동생 14살, 16살 때 부모님이 돌아가셨다. 내가 힘들게 키웠다. 나의 꿈은 시나 소설을 쓰는 작가였다. 그러나 동생들과 가족 부양으로 적성에 맞지 않는 직장생활을 했다. 희생이 미덕이라는 것에 과도하게 현혹되어 그랬던 것이다.

올해 추석에 남동생이 오지 않았다. 아웃도어 옷 가게를 하는데 추석날도 장사를 한다는 것이다. 속마음은 오기 싫어서일 것이다. 조카라도 보내라고 했더니 중간고사 시험이 있어 공부한다고 오지 않는다. 딸은 그래도 차례상 앞에 두 번 꾸벅 절하고는 그 길로 제집으로 내뺐다. 딸도 섭섭하다.

병원 병실이 북적거린다. 자식들과 남동생 내외가 와 있기 때문이다. 아내가 과로로 쓰러져 병원에 입원해 있다. 추석 음식 준비가 힘들었던 모양이다. 우리 집은 송편 열두 그릇을 차례상에 올린다. 송편을 사도 되는데 아내는 조상에 대한 정성이라고 하면서 직접 손수 만든다. 꼬박 5시간이 걸린다. 허리 아프고 지루해서 TV에서 유료 영화를 보면서 만드는데 두 편을 봐야 끝난다. 아내는 얼마 전 갑상선 수술을 한 이후 면역력이 떨어져 조금만 무리를 해도 몸살을 앓는다. 이것저것 겹친 거다. 무슨 죄 있어 구두쇠 서방 잔소리에 자식들 시동생 시누이 뒷바라지하면서 쓰다 달다 말이 없는가. 자식은 그렇다 치고 남동생 이 녀석은 도시락 싸주면서 뒷바라지했건만 고마운 줄 모른다. 오히려 시동생이라고 아내는 눈치 보느라 전전긍긍한다. 바보다. 자식이고 남동생이고 애물단지인가.

결심했다. 우리 집안에 앞으로 명절은 없다. 집 제사를 없애고 제사는 절에다 모실 것이다. 칠순이고, 팔순이고 생일잔치도 안 한다. 어버이날이니 크리스마스니 하며 요란 떨 일은 더더욱 없다. 고로 상속도 없다. 얼마 전에 자식들에게 효도 계약을 한 후 재산을 상속했으나 회수해야겠다. 내 재산은 나와 아내가 공무원의 쥐꼬리만한 봉급으로 알뜰하게 살림해서 모은 것이다. 바다 건너라고는 신혼여행 갔던 제주도밖에 못 갔다. 이렇게 아끼고 아껴 모은 것이다. 이를 남김없이 갖다 팔아 아내와 세계 곳곳을 유유자적하며 몽땅 써버리고 죽을 것이다.

아내에게 면세점이란 곳에서 명품 화장품, 명품 손가방도 사줄 것이다. 아내가 좋아하는 맥주의 고장 독일의 맥주 축제에 여행을 가서 한잔할 것이다. <사운드 오브 뮤직> 영화 촬영지인 스위스 알프스산맥의 카페에서 달콤한 커피 한잔 마셔볼 것이다. 그리고 사진 한 장 멋지게 찍을 것이다. 우리가 돈을 쓸 줄 몰라 허리띠 졸라맨 거 아니다. 영어를 몰라 해외여행 못한 거 아니다. 한 치 앞 안 보이는 세상에서 앞길 구만리인 자식들과 남동생에게 한 푼이라도 보탬이 될까 이 악물고 살아온 거다. 그런 우리한테 꼰대라고 한다. 그러지 마라. '틀딱'이라 하지 마라. "여보, 내가 죽거든 내가 죽거든 기뻐하는 당신을 발견하면 좋겠어요. 그래야 당신은 자유니까. 결혼하면 당연하게 자식 부양이라는 결혼 규칙에 순응하고, 자식 낳으면 당연하게 양육했잖소. 세상이 당연과 순응으로 현혹시켜 사람을 못 살게 했잖소. 여보, 이제는 당연과 순응을 거부하고, 자유를 찾읍시다."

바지통 넓게 입는다고 촌스럽다 했지. 시내 나갈 때 등산복 입지 말라고 하면서 깔봤지. 아재 개그라고 비아냥거렸지. 컴퓨터도 못 한다고 무시했지. 스마트폰에 대해 물어보면 그것도 모른다고 자존심 상하게 했지. 너희들이 머리를 빨갛게 물들이든, 목에 문신을 하든, 코에 구멍을 뚫든, 멀쩡한 바지를 찢어 입든 꿰매 입든 내 일절 참견하지 않겠다. 내가 잠옷을 입고 비행기를 타든 머리에 팬티를 뒤집어쓰고 가든 상관하지 말았으면 한다. 시작해야 되겠다. 결혼 규칙 거부의 자유를 향해. 그 나이에 새삼스레 뭘 시작하느냐고 누가 훼방 놔도 거기에 넘어가지 않겠다. 거기에 넘어가면 속박이라는 것에 현혹당하는 것이다.

08

살아감은 위작의 신음

손석희 아나운서가 있다. 그의 말 한마디 한마디는 한국 사회에 큰 영향을 끼친다. 10월 9일은 한글날이다. 한글날 고등학교 국어 선생이었고 현재는 교장 선생인 중학교 동창과 오랜만에 커피 한잔했다. 명예퇴직하고 싶다는 친구의 말을 들어주는 자리다. 나는 이 자리에서 손석희 아나운서의 언어 구사에 대해 비판을 하다 창피를 당했다.

일상생활에서 고마움을 표현하는 방법에는 '고맙습니다와 감사합니다'의 두 가지가 있다. 고맙습니다는 편한 사람, 편한 자리에서 하고, 감사합니다는 어려운 사람, 격식 있는 자리에서 한다. 그런데 손 아나운서는 격식 있는 뉴스 데스크에서 유명인사 등을 인터뷰할 때 '감사합니다'라고 해야 하는데 꼭 '고맙습니다'라고 한다. 그것은 상대방에 대해 무례한 짓이다. 거만한 짓이라고 비난을 했다. 친구는 정색을 하며 내가 무식하게 아는 척한다고 하면서 비아냥거리는 투로 설명을 해줬다.

네이버 사전을 찾아보았다. '고맙다' 뜻은 '남이 베풀어준 호의나 도움 따위에 대하여 마음이 흐뭇하고 즐겁다', '감사하다' 뜻은 '고맙게 여기다'라는 한자의 감사에서 파생한 말로 나온다. 손 아나운서는 순우리말로 인사를 한 것이었다. 아는 척했던 내 얼굴이 뜨겁다. 한자가 우월하다는 잘못된 생각과 편견 때문이다. 아버지 어머니를 부친(父親)과 모친(母親)으로 높여 부르는 것도 이 때문이다. 우리나라 언어를 생각해보았다. 우리나라는 아직도 한글, 한자, 일본어, 영어를 혼합하여 쓰고 있다. 한자어는 높여 부르게 되고 일본어는 알면서 쓰고 영어는 세련되게 보이려고 일부러 쓰고 신조어를 무분별하게 쓴다. 고상한 척, 세련된 척, 아는 척이다.

모처럼 높은 하늘의 가을이 내 가슴에 떠 있음을 느낀다. 고추잠자리 잡던 어릴 적 생각이 아련하다. 아련한 마음이 아내의 손을 잡게 한다. 가을 하늘이 아까워 아내와 함께 국립현대미술 서울관에 그림을 감상하러 갔다. '올해의 작가 2018' 전시다. 내가 좋아하는 구민자 작가가 국립현대미술관과 ○○○ 방송이 공동 주최하는 '올해의 작가상 Korea Artist Prize' 후보로 선정되었기 때문이다. 구민자 작가의 '전날의 섬 내일의 섬' 작품은 기묘한 2일간의 퍼포먼스와 영상 및 설치 작품이다. 문명이 자연에 개입했을 때 벌어지는 부조리한 상황을 보여주는 작품이다. 소재는 영국 그리니치 천문대 본초자오선과 180도 반대편에 있는 피지의 섬 타베우니다. 타베우니 섬에는 날짜변경선 표지판이 있다. 표지판에는 선의 동쪽은 '어제'이고, 서쪽

은 '오늘'이라고 쓰여 있다. 즉, 날짜변경선 동쪽에서 하루를
지내고 다시 서쪽에서 하루를 지내면 하루를 두 번 살게 된다.
물리적으로 하루를 두 번 사는 게 말이 안 되지만 인간이 날짜
변경선을 만들었기 때문에 벌어지는 현상이다. 구 작가는 친구
작가와 이 현상에 대해 퍼포먼스를 진행했다.

날짜변경선을 기준으로 구 작가의 친구 A는 동쪽에서, 구 작
가는 서쪽에서 자정부터 자정까지 24시간을 지낸다. 그리고 0
시 0분에 친구 A와 구 작가는 날짜변경선을 넘어 서로의 자리
를 교체한 뒤 다시 만 하루 24시간을 보낸다. '어제'인 2018년
6월 28일에서 출발한 친구 A는 다음 날 '오늘'인 2018년 6월
30일로 건너가면서, 하루의 날짜를 건너뛰게 된다. '오늘'인
2018년 6월 29일에서 시작한 구 작가는 다음 날 '어제'인 2018
년 6월 29일로 넘어가 결국 같은 날짜, 즉 하루를 두 번 살게
되는 부조리한 상황이 됐다. 구 작가는 이를 통해 시간의 의미,
삶의 의미를 묻는다.

작품 감상을 한 우리 부부는 오랜만에 경복궁 인근 먹자골목
에서 저녁을 먹은 후 귀가했다. 다음날 소파에 앉아 어김없이
TV를 켰는데 9시 뉴스에서 국립현대미술관에 대한 국정감사
내용이 방송되었다. 어제 미술관을 다녀왔기에 귀가 번쩍 뜨
였다. 그 내용은, 국립현대미술관이 15년간 소장해온 이성자
(1918~2009) 화백의 '숨겨진 나무의 기억들'이 위작인 것으로
드러났다는 것이다. 프랑스에서 주로 활동한 이 화백은 한국적
이미지들을 서양의 추상 사조에 접목시키며 미세한 점과 선을

통해 풍경을 묘사한 작가로 유명하다. 또한 경악할 것은 국정 감사를 통해 보면 미술관 소장품 약 8,000여 점 중 진품 확인서가 있는 것은 10%도 채 안 된다고 한다. 그렇다고 90%가 위작이라는 것은 아니지만 마음이 허망하다. 나는 미술 감상이 취미라 적어도 월 1회 정도는 국립현대미술관에 그림을 보러 가기 때문이다. 그동안 내가 감상한 그림 중 몇 건이나 위작일까? 그동안 나는 그림을 아는 척하고 감상했다. 삶의 의미를 고민하고 삶을 아는 척했다. 고상한 척, 아는 척했다. 아! 척, 척, 척했다. 척, 척, 척 나의 '살아감'은 '위작의 신음'이다. 내가 그동안 살아온 시간 중 몇 %가 위작의 시간이었던가?

나는 한자어는 높여 부르고 일본어는 알면서 쓰고 영어는 세련된다고 착각을 하고 쓰고 신조어를 신세대인 양 착각하고 썼다. 손석희를 욕했다. 어제를 오늘로 착각하고 오늘을 어제로 착각하고 하루를 두 번 살고 위작에 현혹되어 살아왔다. 착각하는 '살아감'이었다. 진품과 위작, 때로는 위작에 현혹되는 것이 살아감이던가? 어제의 진품이 오늘의 위작이고 어제의 위작이 오늘의 진품이던가? 나는 척, 척, 척에 현혹당하고 있나? 타베우니 섬의 날짜변경선 표지판에서 흔들리는 것이 내 마음이다. 타베우니 섬의 현혹이다. 표지판에는 선의 동쪽은 '어제'이고, 서쪽은 '오늘'이라고 쓰여 있다.

참고문헌

1장

노명우, <세상물정의 사회학>, 사계절, 2017, p122.
백성호, <인문학에 묻다, 행복은 어디에>, 2014, 판미동, p83.
조선일보, 2018.9.8, A38. 동년 12.28, A31.
경향신문, 2018.7.5, 05면.

2장

마광수, <인간에 대하여>, 어문학사, 2014, p5.
서은국, <행복의 기원>, 21세기북스, 2014, p15~17.
조선일보, 2018.6.27, A33. 동년 8.11, A20. 8.27, A30. 10.15, A22.
    12.18, A23.
중앙일보, 2018.4.5., 7면.

3장

고미숙, <고미숙의 몸과 인문학>, 북드라망, 2018, p20,64.
마광수, <인간에 대하여>, 어문학사, 2014, p405.
미이클 토마셀로/유강은 옮김, 도덕적 기원, 이데아, 2018, p167~180.
조정래, <할아버지와 손자의 대화>, 해냄, 2018, p147~148.
조지베일런트/이덕남 옮김, <행복의 조건>, 프런티어, 2011, p50~52.
조선일보, 2017.8.11., A20. 2018.9.7, A16. 동년 12.26, A25.
한겨레, 2018.10.2., 9면. 동년 11.8, 11면.

4장

박영순, <커피 인문학>, 인물과 사상사, 2017, p100~104.

이나가키 히데히로/김선숙 옮김, 싸우는 식물, 더숲, 2018, 전체요약.

하상욱, <시밤>, 예담, 2018, p113.

조선일보, 2017.12.8, C1. 2018.1.26, p34.

한국일보, 2017.7.9., 11면.

5장

김명자, <중년기발달>, 교문사, 2003, p25~28.

노명우, <세상물정의 사회학>, 사계절, 2017, p122.

서은국, <행복의 기원>, 21세기북스, 2014, p184.

이규현, <소비자행동>, 학현사, 2017, p201.

조선일보, 2018.9.8., A30. 동년12.7, A25.

박석용 ————————

세상을 살아간다는 것이 무엇일까? 세상이 만들어 놓은 현혹의 거미줄에 걸려 허우적대며 몸부림치는 것이다.

허우적이 '흔들리는 나'라면 몸부림은 흔들리지 않고 꿋꿋하게 살아가는 '나'에 대한 그리움이다.

그리움의 모습은 우리들 가슴에 피는 자유의 꽃이다.

허우적과 그리움을 탐구하고 싶었다. 그래서 직장생활하면서 술 줄이고 잠 줄이고 공부하여 사회 복지학 석사와 충북대학교에서 행정학 박사학위를 취득했다.

현재 충북대학교, 충청대학교에서 외래 교수와 사회연구소인 충북소셜리서치센터장(chungbuk social research center)으로 활동하며 허우적과 그리움을 연구하고 있다.

흔들리지 않는 나 꿋꿋한 나의 지향점은 『자립적인 나』이다.

그래서 자립적인 내가 무엇인지 소크라테스를 의심해 보고 소나무를 빨간색으로 생각해 보는 방식으로 세상을 해석하고 있다.

자유의 꽃을 피우는 모든 분들께 이 책을 드립니다.

현혹
사회

초판발행 2019년 4월 8일
초판 2쇄 2020년 2월 10일

지은이 박석용
펴낸이 채종준
펴낸곳 한국학술정보(주)
주 소 경기도 파주시 회동길 230(문발동)
전 화 031-908-3181(대표)
팩 스 031-908-3189
홈페이지 http://ebook.kstudy.com
E-mail 출판사업부 publish@kstudy.com
등 록 제일산-115호(2000. 6. 19)

ISBN 978-89-268-8770-7 13810